余生は湯布の山懐で

◈悔いなきシルバー人生を求めて◈

苅田種一郎

文芸社

まえがき

私が本書を著した動機・目的は二つある。

一つは、人生八五年時代を迎えた今日、仮令《たとえ》定年が六五歳まで延びたとしても、平均的に見て、その後まだ二〇年もある。この二〇年を文字どおり余生として趣味三昧《ざんまい》に生きるも人生。一方、十年もあれば、まだまだ一仕事出来ると、新たなことに挑戦するも人生である。然し、いずれの途を採るかによって、その人のシルバー人生は大きく異なって来る筈である。私は若い頃から後者の途を採るべしと心中密《ひそ》かに決めていた。それは第一の人生（大学卒業後の就職）に於いて、（普通の人なら何の不満も抱かなかったであろうが、クリスチャンの私にしてみれば）心ならずも妥協をした（営利企業に就職したことを指す）とその後三十年余思い続け、第二の人生こそ意のままに生きたいと思い続けていたからである。そして、予《かね》ての計画どおり実践し、今その最中《さなか》にある訳だが、実践に踏み切るまでの心の軌跡と準備を、後から来る五〇歳前後の方々の参考として供したいというものである。

いま一つは、実践してみると意外にこの途を…とりわけ、後述の「三つのたい」の中の「役立てたい」を含む途を採る人が（欧米人に比べて）少ないことに気づき、日本人ももっともっと（殊《こと》のほか、私の様なミッション・スクール卒の人には）この途を採って欲しいとの願いを込めて、五〇代後半から六〇代前半の方々を対象に、私のその後の予想だにしなかった苦闘の総べてを（出来る限り）包み隠さず、ありのまま世に問おうとしたものである。

一度きりしかない人生である。シルバー人生とて、否シルバー人生なるが故に、余った人生・付録の人生と考えるべきではなく、各人各人の実力・余力に応じて、その総仕上げをなすべき時期と考えるのだが、その様に考えるのは生真面目過ぎるであろうか。

〝人生最後の二〇年ぐらい自分の為に悠々自適に生きさせてくれよ〟という本音の声が聞こえて来る様な気がする。ご尤もなことと思う。そのお気持ちも分からぬではない。然し、私の様な途を採ったからと言って、喜びがない訳ではない。楽しみがない訳でもない。一つ目の「たい」たる「楽しみたい」ことを楽しみ、二つ目の「たい」たる「やってみたい」ことをやった後に、まだ余力があれば、三つ目の「たい」たる「役立てたい」を実践して御覧になったらいかがであろう。（口はばったいことを言える程のこともしていない私がこう申し上げるのも気がひけるが）一番目、二番目の「たい」とはまた違った〝喜この三つの「たい」がバランス良く実践された時に初めて得られるのではないだろうかび〟、〝充足感〟が得られるのではなかろうか。シルバー人生の真の〝喜び〟〝充足感〟は、（本文第一章ご参照）。

自己の欲望を一〇〇％充足しようと思ったら…例えば、一年でも長く勤めていたい、一万円でも多く稼ぎたい、一国でも多く外国に行ってみたい、毎日美味しいものをお腹一杯食べたい等と思い出したらキリがない。聖書の言葉ではないが、欲望は極力低く抑え、足《た》るを知って、悔いのない…「悔いのない」とは、死を前にして自己の生涯を振り返って、「まあ良い人生であった」と満足して冥府に旅立てる様なシルバー人生を過ごしたいものである。

これからシルバー人生を迎えんとしている、或いは突入したての皆さん！　事に当たって、出来れば事に先立って、良く、深く考え、仮令《たとえ》その結果が私の様に世間一般の方々の途《みち》とは違っても、自己の信ずるところを勇気をもって実践されんことを切に願っている。

最後に、本書を著者自身が読み返してみても、欲張っていろんなテーマを盛り込んだものだから、少々骨組みが解りにくくなった嫌いがある。よって、…尤も、聡明な読者の皆さんには不要かも知れないが…誤解のない様に以下のことを敢えて確認させて頂きたい。「第一主題」は、先にも述べたとおり、〝定年後の人生哲学＝生き方〟についてである。

つまり、「三たい主義」についてである。又、それは何も定年後に限った訳ではなく、全生涯に亘るものという捉え方も可能であろう。本主題は本書の初めの方にあって、且つ分量的にも少ない為（その代わり本書の随所にそのリフレイン形が散りばめてあるが…特に、第一二章）、うっかりすると最高次主題とは受け止めて頂けない虞《おそれ》がある様に思われるので、ここで敢えてご留意を促しておきたい。

そして、「第二主題」は、未成年者対象の教育関係である。第一主題とは裏腹に、この第二主題が分量的にも多くの紙幅を占めている為、ややもするとこちらの方が最高次主題であるかの様な観を与えるかも知れないが、そうではないのである。そういう観を与えるとしたら、著者である私の配慮不足も預かっていると思うので、その点はお詫びしなければならないが、そこのところを捉え間違いなさらない様にご留意頂きたいと思う。又、本主題でも本書では未成年者向け教育に焦点を絞っているものの、私の関心そのものはこれに限った訳ではない。これ又、第一主題同様、全生涯に亘るものと捉えることも可能であろう。事実、私の実践そのものは全生涯に亘って実践しているが、それでなくとも混み入り、論点がぼける虞《おそれ》があると考えた為、成人教育に言及することは最少に止めた。

そして最後に、敢えて「第三主題」を挙げれば、世間論ということになるかと思う。然も、前述の第一、第二、第三主題は相互には何の繋がりもない様に見え乍ら、実は

〃他者への貢献〃或いは〃他者への思いやり〃という、根底を流れる「哲学」は…バッハの曲に於ける〃通奏低音〃の如く…同じなのである。そういう意味では、三者は全く異なる根っこから生え出た木の様に見え乍ら、実は同根の木なのである。

右記の三つの主題を共に「縦糸」とすれば、これらに文化的教養（文芸、映画、音楽等）や趣味を「横糸」として絡ませ、内容的には盛り沢山にした積りである（尤も、著者である私の表現力不足で却って解りにくくしているかも知れないが）。

とまれ、以上の様な骨組みを予め念頭に置いてお読み頂けると幸甚である。

尚、想定読者層としては、第一主題が50～60才代の方々（どちらかと言えば、男性）、第二主題は日本国中の学童をお持ちのお父さん・お母さん方（いずれかと言えば、女性）を想定しているが、世代の違う…それも高齢世代からの、そのうえ独断と偏見も少なからず含んでいるであろう意見ゆえ、読み易いとは言い難い所説であろうが、単なる意見表明ではなく、高齢者にとっては少額とは言えぬお金もつぎ込み、老齢期の数年を懸けた実践という可成り厳しい労務的犠牲を払った上での意見表明ゆえ、少々辛抱してお付き合い願えればと思う。

二〇〇一年　錦　秋

紅・黄葉の湯布院にて　苅田種一郎

余生は湯布の山懐で　目次
―悔いなきシルバー人生を求めて―

第一篇　飛翔への助走

プロローグ　決　意

日本から米国・アラスカ州のアンカレッジ、あるいはフェアバンクスを経由して空路、米国へ向かうと（当時、日本から米国へ向かう飛行機は、燃料供給の関係上、よくこのコースを取った）、アラスカ山脈の主峰である北米大陸の最高峰マッキンレーがよく見える。

戦後、日本の経済復興の最前線戦士となった米国への留学生たちが、期待と不安の入り混じった複雑な心境で機上から眺め、後年、彼等の中の多くの人がその時の感慨を殊のほか印象深く語る秀峰である。

白一色のアラスカ山脈の山々の中で、ひときわ高くそびえ、とりわけ早朝に一条の朝陽を浴びて紫色に映えるマッキンレーの山容は、思わず息をのむ一大景観である。

私が当時勤めていた企業S社をリタイアした後の仕事として、21世紀の日本を背負って立つ子供たちへの教育の一端を担おうと決意したのは、定年をおよそ一〇年後に控えた頃であったと記憶するが、何回目かの米国への道すがら、ほかならぬこの秀峰を機上から見下ろしたときであった。

第一章　定年後何をするか？

リタイア後の仕事として、一足跳びに子供たちへの教育に係わろうと思ったわけではない。

話が少し後の方からスタートしすぎたようだ。もう少し〝タイム・トンネル〟を後戻りして話を進めようと思う。

そもそも、リタイア後のことを考え始めたのは、齢《よわい》五〇の大台を目前にした頃のことと記憶する。最初は前述したS社に在職中、長年月携わった海外へ出て行くことを考えた。

次には、国内におけるシルバー関係の仕事も考えて見た。しかし、つぶさに国内の状況を眺めてみると、わが国は経済的には世界で一、二位を争う大国になったとはいえ、まだ問題は山積しており、このまま推移すれば、21世紀には衰退の一途を辿るのではないかとさえ思われるに至ったのである。

海外に係わるどころの話ではない。国内は国内でも何が一番問題と言って、子供たちへの教育ほど問題なものはない。21世紀の日本の浮沈を左右する最大要因が本問題である。

これに係わらずして何に係わろうと言うのだとの結論に達したのである。

〝成長期の子供たちを愛をもって導き、援助の手をさしのべてやることほど立派な仕事はない〟（R・シュタイナー）

それでは、次に結論に達するまでの経緯を理念的に詳しく記すことにする。

「人生の価値は〝他者への寄与（愛）〟の如何によって測られる」…それも結果（多寡）ではなく、いかに生きたかによって測られる…と言うのが、私の若い日からの変わらぬ哲学である。（母校の建学の精神の影響もあろう）

大学を出てS社への就職を選ぶに当たり、当時すでにこのことは真剣に考えたのだが、第二次世界大戦後の、それこそ大変な時代に、女手一つで貧困・病気・飢餓等と闘いながら、私を無事育て上げ、大学まで出してくれた母のことを思えば清貧に甘んじなければならない、この道の選択は大学卒業後直ちにはできなかったのである。

尤も、S社への道…言い換えれば、営利企業体で働く道を選んだからと言って、そうした考えをすっかり捨て去ったり、棚上げしたわけではない。私は入社以来約三〇年間、会社の内外を問わず、できる限りこの考えを実践してきたつもりである。

たとえば、学生時代から経営していた世間一般とはひと味違った塾の運営（これは入社後数年で、さすがに両立が困難となり、閉じている）から、大分・岡山におけるクラシッ

ク音楽啓蒙のための同好会の創設、社員に左翼分子が多く、誰もが自らの手を汚したがらなかった子会社への自らの体を張った対応、入社以来一貫した会社の同胞、特に部下との親身な交誼等である。

謂わば、聖書の中の一節『富むときは、出来る限りを、貧しいときも出来る限りを』の後のフレーズの実践であった。

しかし、何分にも籍を置くところが営利企業体であるため、実践できる範囲は知れており、この実践でもって生涯かけて自己の哲学を実践できたとは言い難いと思っている。

（そう言おうと思えば言えなくもないし、こじつければ、そう言うことも可能であろうが…）

日本人の大半は…否、むしろ日本人の大多数はそのようなことは考えもせず、また、そう思うごく小数の人でも、当今は大部分の人が営利企業で働くのだから、その会社生活をこうした考えで生きぬけば、それで善しとする人が多いと思うけれども、私はそれで善しとは考えられなかったのである。

他は欺《あざむ》けても、自己の心（良心）は欺けない…キリスト教的に言えば、〈神〉は欺けないのである。〈神〉が私という人間を〝他者への愛（寄与）〟を尊しとする人間として造り給うたとすれば、その〈神〉に対して、私がこれまでなしてきたことだけでその生涯を終えてしまっては、何とも申しわけなく思うのである。

この約三〇年間をそのような思いで過ごしてきただけに、そう遠くない未来に迫ってきたシルバー・エイジこそ子供に対する扶養・養育義務も減じるし、この考え（社会的意義と自己実現）を中核に据えていきたいと思うのである。（今度は先に引用した聖書の一節の前のフレーズの実践）

日本人定年退職者の大多数が考えるような会社生活の延長として、それも働き甲斐もなく、ただ身を屈して食いつなぐとか、ましてやボケ防止のために働くといったような惰性的・消極的な考えとは発想が全く違うのである。つまり、これからのシルバー・エイジこそ私の真の人生だと思っているのである。

（聖路加国際病院名誉院長・日野原重明氏の言う〝老後は三たい主義で〟の一つ『役立て

たい』の実践、言い換えれば「アガペーの愛」の実践）

いずれにしても一度しかない人生である。一方では、アガペー的にできる限り他者に尽くし、他方ではエロース的に思いっきりダイナミックに、広く〃生〃をエンジョイしたいのである。こうした生き方こそ、ローマの哲人・聖アウグスチヌスがキリスト者の生き方の理想とした〃カリタス〃にほかならないと思うのである。

具体的項目としては、次のようなものを考えた。

(1)対日本人青少年啓蒙
(2)対日本人成人啓蒙
(3)高齢者福祉
(4)外国人留学生の受入・世話
(5)外国人難民の同化支援・世話
(6)フォスター・ペアレント

(3)以降は自明ゆえ説明を要しないと思うが、(1)(2)は若干の説明を要するかと思う。また(1)(2)は対象者が異なるだけで、内容的にはほぼ同一のものを想定している。

日本の学校教育の偏《かたよ》りを反映して（とりわけ高校教育までが顕著）、実用的知識は高いが、古典・教養的なものとなるとお寒い限りの現代日本において、コミュニティ単位ででも、また、いささかでもその是正のお手伝いができればという趣旨である。そのためには若いうちでなければということで、対象は青少年、成人（この表現では若いという意味合いは出ていないが、本音は若年層対象）に限った次第である。

音楽にしろ、文学にしろ、哲学にしろ、古今の優れた人たちが遺した偉大な遺産は高校教育までで会得した実用学科学問に比し、その後の人生をいずれが豊かにするかという観点からは比較にならぬほどの力を秘めているにも拘わらず、偏った高校教育までのせいで、そういうものに出会う機会を持たない人がいかに多いことか。そういう人たちは、下手をすると一生出会わないかもしれない。よしんば、年老いて出会ってももう遅いのである。是非とも若いうちに出会う必要があるのである。その出会いの手助けがしたいのである。

尤も、自分一人で引っ張るというのではない。同志のものと共に引っ張り、共に学ぼうという構想である。要はそういう試みをプロモートしたいということである。

僅か数年の経営ではあったが、塾経営時代にお世話した生徒たちから、後年お蔭でクラシック音楽の良さ・力が分かった。文学の素晴らしさが分かった等という声を聞いた時の喜びは無上のものであった。少なくとも、私にとっては、S社輸出部時代にエース商品の大口商談をまとめた時の喜びよりも大きかったのである。私とはそういう……つまり、経済よりも精神を、物よりも心を尊しとする魂の持ち主なのである。

内容的には、物質文化に対する精神文化全般……例えば、音楽・映画・文学・随想・歴史等を対象とし、一回当たり二〜三時間の集会を持ち、前半は基調講演・報告にあて、後半は参加者全員による討論・懇談等にあてるようなことを考えている。

次に、いかに今後の余生は〝他者への愛（寄与）〟に生きると言ってみたところで、私自身が何か他者に役立つものを持っていなければ詮《せん》ないことである。

現状でも無くはないと思うものの、まだ十分ではない。また、私一人でするわけでもないので、そう力む必要はないのだが、力量があるにこしたことはない。

よって、定年退職後早いうちに次のものをどこかの大学で（手っとり早いのは母校だが、時期によっては西南学院大学、九州大学も候補）勉強したいと思っている。

／キリスト教神学
／哲学
／文学
／音楽美学
／教育学

（前述の日野原重明氏の言う〝老後は三たい主義で〟の中の一つ「やってみたい」の実践。

言い方を換えれば、良質の「エロースの愛」の実践）

先ほど来、殊勝なことばかり述べてきたが、そういうアガペー的愛の実践だけで我慢できるのは聖人・君子のみであろう。少なくとも私のような俗人・凡人はそれだけでは精神的に持たないおそれがある。やはりバランスをとる必要があると思うのである。

正直に言って私は、世俗的な快楽に対する欲望も決して少ない方ではない。否、むしろ多い方であろう。それだけに、自己の物欲・快楽指向も少しは叶えてやらないと自己破綻してしまうと思うのである。

（先述の日野原重明氏の言う〝老後は三たい主義で〟の中の一つ「楽しみたい」の実践。言い方を換えれば、典型的な「エロースの愛」の実践）

「楽しみたいこと」としては、次のようなことを考えた。

(1)自宅移転（候補地＝①九州〈福岡市〉②阪神近郊③京浜近郊）
(2)別荘取得（候補地①九州〈大分県〉②近畿・中国③関東・東海）
(3)音楽鑑賞（本格的リスニング・ルーム及びオーディオ・システム完備）
(4)写真／ビデオ
(5)国内ドライブ旅行（六〇歳台）

狭霧台から望む湯布院の主峰・由布岳

(6)海外旅行・居住（七〇歳台）

これまた、(3)以降は説明の要はないと思うが、(1)(2)は少々説明を要するかと思うので次に簡単にまとめる。

(1)(2)は互いに相関関係があるのだが、その狙いは第一義的には現在の持家を売却して差益を得、すべての基礎をなす経済的基盤を確立することにある（詳しくは後述）。

第二義的には、現在地ではシティ・ライフしかエンジョイできないが、場所を厳選することにより、シティ・ライフとカントリー・ライフを共にエンジョイすることにある。現在のところ移転先の最有力候補地は九州である。

九州を第一候補とする理由は、一つには老後の核都市としては、百万都市・福岡ぐらいがちょうどよく、偶々そこに自宅としても使える賃貸マンションをすでに持っていること、二つには九州が日本を代表する景勝地だということにある。つまり、シティ・ライフにしてもカントリー・ライフにしても九州立地が最もエンジョイできそうだということにある。気候的に温暖であり、物価が安い割には食べ物もおいしく、台風の通路ではあるが、地震は比較的少ない地域の上に、温泉も引ける点も魅力というわけである。九州立地を選んだ場合、自宅は福岡、別荘は湯布院／別府／杵築のいずれかにしたいと考えている。

そして第二順位は関西、第三順位は関東と考えている。難易度から言うと最も易しい関西を第二順位としているのは、核都市としての大阪・神戸には何の不足もないが、偏《ひとえ》にカントリー・サイドに九州・北海道・信州のような国際級の景勝地がないことによる。第一順位の九州が何らかの理由で駄目になり、代わって関西立地を選ぶ場合、自宅は阪神近郊…現在のところ、三田／西神地区あたりが、別荘は岡山の瀬戸内地区あたりか大山・蒜山あたりが最適地かと考えている。

関東を第三順位としたのは、核都市としての東京／横浜も、カントリー・サイドの景勝地も共に魅力的（本音では第一順位）だが、候補地すべてが地震多発地帯にあることと、核都市が何ぶん首都圏ゆえ、老後の身にはいかにも人口過剰が気がかりだということによる。

まず選ぶことはないと思うが、万が一にも関東を選ぶとしたら、自宅は京浜近郊、八王子／青梅あたりが、別荘は千葉・房総半島南半分／神奈川・三浦半島南半分／静岡・伊豆半島南半分／信州あたりが最適地かと考えている。

第二章　何ゆえに子供たちへの教育か？

～日本の戦後教育に対する考察～

本章では、結論に至るまでの経緯を論理的に、いま少し詳しく展開してみたい。

一　教育という営みにとって大切な点は何で、それはどうあらねばならないか？

(1)　まずもって考えなければならないことは「教育の社会的機能」をどう認識するか？ということである。教育の社会的機能を、プラトンの言うように社会の革新に求めるにせよ、アリストテレスの言うように社会の維持に求めるにせよ、人間という種の持続という観点から見れば、両者には異なるところはない。

種の持続としての教育は、ドイツや日本の過去の忌まわしい歴史に見られるような一国の国優先・国家原理優先の教育であってはならないのである。何処《どこ》の国の市民であれ、世界市民の一構成員として、〝人を人たらしめる教育〟（全人教育）でなければならないと考える。そういう意味では、日本の現行教育は知育に偏し、〝人を人たらしめる教育〟（全人教育）はごく一部の例外的なケースを除き全くと言っていいほどできていない。

(2)　ついで「教育は真に教育と呼ぶに値いするもの」でなければならないということで

幼児教育風景

ある。

米国のＧ・ドーマン博士や日本の七田真氏のように、意識的であれ、無意識的であれ、早期（幼児）教育をしてみたら、効果（ＩＱの上昇）があったから、効果のあった方をただ羅列したというのでは、教育という名に値しないと思う。

いずこでも、製造会社では〝Ｐ・Ｄ・Ｃ・Ａサイクルを回せ〟とよく言われる。これはＱＣ（品質管理）の一手法なのだが、Ｐ＝ＰＬＡＮ（計画）、Ｄ＝ＤＯ（実行）、Ｃ＝ＣＨＥＣＫ（分析）、Ａ＝ＡＣＴＩＯＮ（手直し）を意味するが最初の計画作りはいきなり計画を作るのではない。そんなことをしたら大間違いまちがいなしである。計画作りに入る前に、綿密な分析を先ずして、その結果に基づいて計画づくりに着手せよと指導されている。

教育もそれと同じことで、教育の具体的なことを検討するに先立ち、まずもって対象たる人間を良く観察してからにしなければいけない。この人間観察の伴わない教育は教育と呼ぶに値しないと思う。

ルソーも言っているように、教育は子供の自然の歩みに即してなされるべきものであって、〝真に教育という名に値いするもの〟は、先ず人間が生まれてから一人前の大人に育つまでの身体的、精神的成長過程に対し、鋭い分析と深い洞察を加え（人間観の確立）、然る後に、それに対して最も適切にして効果的なシステム、カリキュラムを練り上げたものでなければならない。

これしかないと言うのではないが、R・シュタイナー氏が創出したシュタイナー方式等は、氏の精緻な人間観に基づいて展開されているから、効果の優劣、好き嫌いは別として、立派に教育という名に値すると思う。

そういう意味では、日本の現行教育も確固たる人間観に基づいて展開されているとはとても見倣《な》し難い。

(3) 次いでは「教育というものの概念の確定」が必要である。

同じく教育という言葉で呼ばれても、遠くは古代ギリシャの時代から、近くは現代まで、幅の異なる概念（狭義と広義）が存在する。

一国の教育たるもの、能《あた》う限り高く、能《あた》う限り広い概念でなくてはならないことは言うを俟《ま》たない。

次に古代ギリシャの哲学者、プラトンの言を引用する。

〝それでは、私たちの意味する教育なるものを漠然としたものに終わらせないよう気をつけて下さい。と言うのも、日頃私たちは、人それぞれの育ち方を非難したり、ほめたりする場合、誰それは教育があるが、誰それは無教育だと言ったりしますが、時にはそういう人たちでも、小売りの商いや舵取り、あるいはそれに類する仕事の才覚では、相当の教育を受けていることさえあるのに、それでもそのように無教育と言ってしまうのです。

これはつまり、思うに私たちの今の議論は、そうした仕事の才覚を教育と心得ている人々には、かかわるものではないということなのでしょう。むしろ、徳を目指しての子供の頃からの教育を「教育」と考える人々の教育論なのです。その際、その徳とは、正しく支配し、支配される術を心得た、完全な市民になろうと求め憧れる者を作り上げるもののことです。〟

引用文からお分りのとおり、〝商売上の知識に長《た》けていることをもって教育があるとは言わない。言い換えれば、職業的専門教育をもって、真の教育とは見なさない。そして、それらとは無関係に、美しく善き市民として等しく持っていなくてはならないもの（＝徳性）に係わるものこそ、真の教育と呼ぶにふさわしい〟と言っているのである。

今日、大学の一般教養課程を巡《めぐ》る議論が喧《かまびす》しく、廃止論者の方が優勢やに聞くが、とんでもないことと思う。初等教育から高等教育に至るまで、教育とは一貫してプラトンの言うように、「専門知識（＝知育）＋教養教育、人間教育、徳性教育（＝徳育）」と最広義に捉えなければならないと考える。然るに、現代日本人の教育観は、ここで指弾されている最狭義の教育観＝知育のみしか眼中になく、他は単にお添え物にすぎない観がある。

『ニッポンの学校』の著者、W・カミングスを始め、国際的に日本の学校教育を評価する声もあるが、それは単に右記のような最狭義の教育観に絞り込み、その中で効率よく単なる知識を詰め込んでいる面を見ているにすぎない。そんな浅薄な評に浮かれてはならないのである。

数学や理科のオリンピックでいくら高成績をあげても、肝心かなめの人格が高く教育されていなくては何の価値もない。日本の現行公教育は、この人づくりの面で全くと言って良いほど、成果をあげていない。

(4)ついで、教育に必要なものは〝基本理念〞である。

民主主義教育にとって、必要欠くべからざる基本理念は二つである。一つが「個の確立」であり、二つが「公共の精神の涵養《かんよう》」である。

最初の「個の確立」の方は、戦後制定法の目玉として、教育基本法にも不十分乍ら明記されていることではあり(前文及び第一条)、甘く見れば七〇点、厳しく見ても六〇点ぐらいの採点は可能で、一応及第点に達していると思う。(まだ存在する欠陥については次節にて詳論)

一方、もう一つの「公共の精神の涵養《かんよう》」の方は、教育基本法に〝人格の完成をめざし〞という抽象的な関連する文言はあるものの、はっきりした言及がなかったことや、その下位法たる学校教育法にもその手段である「徳育」に関する言及が大学に至るまでない有様の所為《せい》か、どう見ても(甘くも厳しくも)及第点には達しておらず(及第点どころか、精々《せいぜい》二〇~三〇点程度であろう)、こっちに関してはまだ戦前の方がましなくらいで、戦後教育はやり直しと思う。(こっちも詳しくは次節を参照されたい)

(5)前述の理念を具現した立派な人格を完成するためには、最低限必要な知識を学ばねばならないが、その際ただ知識を詰め込むような教え方をしてはならない。科目毎に、それを学ぶ目的、喜びといったようなものを味わせ乍ら教えなければいけないと思う。例えば、次に引用するものは、シュタイナー学校における物理の授業の初期的段階で教わるものだそうだが、実に素晴らしいプレゼンテーションだと思う。

〝おおむかし、自然の創造の前に立ち、謎をとこうと努力した。
それは人間のよろこびだった。
永遠にひとつのものが、さまざまな形となって現れる。大は小、小は大に。
それみずからの法則により、入れかわり、とどまり。
近く、遠く、遠く、近く。形をつくり、形をかえ……
私は、驚くためにいる〟

ヨハン・ウォルフガング・ゲーテ

右のようなプレゼンテーションの基盤をなすシュタイナー学校創設者…R・シュタイナー自身のフィロソフィーを次に引用する。

〝思春期までの子供の精神と感性を養うためにぜひ必要な規範を各個人がそこから

感動を主軸として汲《く》み取ることが出来るようなもの、つまり人間の偉大さ、高貴さを詩人が感動をもってうたったものが選ばれなければならない〟

全教科このようにして導入されれば、学ぶ目的を弁《わきま》え、喜びをもって勉強できるであろう。

日本の公教育では、こういうことはまず教科書に載っておらず、次いでそれを補うべき先生方にも大半の先生方には創意・工夫が欠けるから、そういう導入をせず、ただやみくもに知識だけを詰め込むため、ちょっと古いが、'79年にまとめられた「日米高校生比較調査」の結果のようなことになるのだと思う。（「参考」欄参照）

シュタイナー学校の場合、ここらにも深い人間観察の反映が認められる。立派なものと思う。結果も素晴らしいのだろうが、結果だけでなく、そのプロセスが素晴らしいのである。結果もさること乍ら、まずはプロセス重視でなければならないと思う。

古来、世界的に名高い英国の私立名門校パブリック・スクールもまた然りである。日本でも、埼玉県川越市在私立女子校の数学の先生（仲本正夫氏）の試み等があり、やれば出来ないはずはないと思う。

〔参考〕

○授業を含めた学校生活に対する満足度は？
楽しいと答えた者：日本＝8％　米国＝25％
○大学に入ったらどうする？
のんびり過ごしたいと答えた者：日本＝26％　米国＝5％
○将来望む生活は？
社会に役立つ生き方をしたいと答えた者：日本＝17％　米国＝30％

二　教育の二大基本理念たる「個」と「公」について、どのように考えるべきか？

「個」と「公」を対比させる時、その「個」と「公」の捉《と》え方には、いろんな捉え方があるように思うが、私はそれを第二章一―⑷で扱った「個の確立」と「公共の精神の涵養《かんよう》」と捉えて以下に論ずる。

日本の公教育は、不幸にして富国策を第一義とした明治期に誕生した為、お国の為には個人は犠牲にならねばならぬという……つまり、国家〉個人という不等式で示される様な、いびつな姿・形で施され続け、明治・大正・昭和期（昭和20年迄）を通じ、個人は尊重されず、ひたすらお国のためという、公《おおや》け優先教育に終始し、ついには軍国主義に至り、あげくは戦争惹起《じゃっき》に至るのを防ぐことが出来なかった。

正しい教育を入手する千載一遇のチャンスだった敗戦時にも、民主教育の車の両輪たる〝個の確立〟と〝公共の精神〟について戦後初代から三代・文相ぐらいまでは、戦後主流となった〝個の確立〟のみならず〝公共の精神〟も謳《うた》うべしというご意見であった様だが、昭和二一年九月二三日付で組織された内閣直属の「教育刷新委員会」の議論の中で、〝公共の精神〟も取りざたされ乍らも、前述の戦前の苦い経験が余りにも強烈だった所為《せい》か、最終的には捨て去られ、後に昭和二二年三月三一日付で施行された現行教育基本法の第一条となる教育刷新委員会答申に於いては、次ぎのような文章となってしまった。

〝教育は、人格の完成をめざし、平和な国家及び社会の形成者として、
真理と正義を愛し、個人の価値をたっとび、勤労と責任を重んじ、
自主的精神に充ちた心身ともに健康な国民の育成を期して行わなければならない〟

ここに盛られた内容自体は戦前と比較すれば大変素晴らしい内容だが、惜しむらくは〝公共の精神〟に対する言及を欠くことである（委員の方々は〝人格の完成をめざし〟の中に含めた積りなのかも知れないが）。酷な言い方かも知れないが結果的には戦後公教育の悲劇はここに始まると言っても過言ではない様な気がする。何かあった後の日本人のい

つもの過度のアレルギー体質が顔をのぞけたまでで、何も教育だけに限ったわけでもないし、仕方がないじゃないかと言ってしまえばそれまで乍ら、同委員会答申の中で、勇気をもって控え目でも良いから直接〃公共の精神〃に言及してくれていたらと悔やまれてならない。

欧米社会では、〃CIVICS（＝公民義務・道徳）〃なる概念が広く一般に存在するそうだし、それに何よりもキリスト教がその根底を盤石《ばんじゃく》の構えで支えているから、欧米社会では特に〃公共の精神〃を謳《うた》う必要はないのである。然し、翻《ひるがえ》ってそれらが共にない日本ではそれなるがゆえにこの文言は必要欠くべからざるものだったのだ。教育の憲法たる「教育基本法」に言及がないばかりか、（或る意味ではそれなるがゆえに当然かも知れないが）その下位法たる学校教育法にも大学に至るまで、その教育手段たる徳育に対する言及がない。文部当局の見解は徳育は大学に入ってからで十分という見解なのだろうか？

小学校入学以来12年間徳育らしい徳育を施さず来て、大学に入ってにわかに徳育の講義をして、果たしてどこまで実効が上がるものだろうか？

ここまで法文中の用語である「徳育」という言葉を何の注釈もつけず数回使ったが、今後も頻繁に出て来るので、ここら辺で少々注釈をつけておきたい。今日の日本では単に「徳育」と言うと、短絡されて極めて狭い概念の道徳教育と同義と解釈されるが、（因みに、辞書をひいてみても、徳育・徳性教育共に道徳教育と同義とあるが）第二章一(3)でもすでに触れた様に、本来はそのような狭い概念ではない。「徳育」とは徳性教育の略であって、もちろん道徳教育は含むが、それだけに限るものではなく、人間性教育や情操教育なども含む広い概念たる「教養教育」、「人間教育」と同義でなければならない。カントが〝人間は教育によって初めて人間となる〟と言う場合の教育と同義であり、犬養道子女史が言う〝人を人とする教育〟（全人教育）と同義でなければならない。

ともあれ、爾来《じらい》五〇年、〝公共の精神〟なる概念はどこへやら、一方の〝個の確立〟ばかり声高に叫ばれて来た。したがって、戦後公教育からは、一部のそれこそ奇蹟の様な人を除き、（教育も、残念乍ら、絶対的な力を持ち併せていないから、いくら施育が良くても総べての学生・生徒が優等生にはならない様に、いくら施育が悪くても中には優等生が出ることもあるが）学業成績ばかり優秀でエゴの固まりの様な人物ばかりを輩出して来た。その間に何回も教育改革は試みられて来たが、二〇〇二年に予定されている次回教育改革同様、枝葉末節のハウ・ツー的改革ばかりで、教育基本法や学校教育法そのものの改正の様な骨格に係わる改革は皆無で推移している。今日の教育改革をつぶさに観察してみると、右に述べて来た様な教育の根幹に係わる様なこと（本質論）はなおざりにされ、徒《いたずら》に教育社会学的にどうの、教育心理学的にどうのという枝葉末梢の事柄（方法論）ばかりが重要視されている観がある。まさに本末転倒である。こんなことで良いのだろうか？　嘆かわしい限りである。

然も、残る一方の〝個の確立〟においてさえ、死んだ知識の詰め込みばかりで、真の自由への教育……つまり、この世に二つとない各人各人の魂の自由な、何物にも妨げられることのない成長・飛翔……一言で言えば、「己の魂」を確立するための教育は行われていない。

〝自由〟という言葉が出て来たついでに触れれば、「個の確立」を個人としての際限のない〝自由〟の追求・享受と解している人達がいるが、こういう基本的・根本的に間違った考え方は全くもって論外である。ここでこれ以上このことに係わる時間の余裕も紙幅の余裕もないのでこれにて打切るが、そういう人達は池田潔氏の古典的名著「自由と規律」（岩波新書）でも熟読玩味すべしである。

民主教育は〝個の確立〟に尽きると言わんばかりに声高に叫び乍ら、これ一つでさえ欧米に劣る様ではお話にならないと言うべきではないだろうか？

一例を挙げれば、私が前述の企業に勤めていた折、一〇年ばかり海外業務に携わったが、この期間中に欧米諸国の代表的化学会社の人たちと親交を得たが、彼等との親交を通じ、一言で言えば、価値観そのものの深さと巾に於ける、余りな彼・我の差に愕然とさせられた。具体的に申し上げれば、日本人はビジネスにおいてもただ儲かるか儲からないかを最大関心事とし、それ以外にはとんと関心がない。こういう狭い視野ではいけないのだ。

もう一例、例を挙げれば、自分さえ、我が家さえ、我が社さえ、我が国さえ良ければそれで善しとする人間が多すぎることである。特に今までは国内がその活動の舞台だったから、まだ良かったものの、これからはそれが海外に広がることではあり、この流儀では国際的にひんしゅくものと考える。

これでは日本人のことを称して、エコノミック・アニマルと言われて久しいが、今もってそう言われても致し方ないと思うのだが、そう申し上げたら厳し過ぎるだろうか？日本が世界的にみて、一流半であった私達の時代はまだそれでも良かったのである。しかし、間違いなく一流国となるであろう21世紀にはこれではいけないと思うのである。日本が今の姿勢を変えなかったら、日本は早晩森本哲郎氏がその著作「ある通商国家の興亡」で以って警告を発しておられる様に、全世界とりわけ欧米諸国から忌み嫌われ、最悪のケースとしては、カルタゴの様に地球上から抹殺されてしまう恐れすらある。

東大・名誉教授：木村尚三郎氏もほぼ同様のことを指摘されているが、それに加えて宗教の違い、厳しくみれば日本人は無宗教の民であることを懸念されている。尤もなことと思う。

一流国になったからには、価値体系においては、経済ももちろん大事だが、それ以上に個々の人間が大事にされなければいけないと思うのである。大抵の日本の企業では、個人の幸せは会社あっての個人だという大義で以って、なおざりにされてきているのではないだろうか？

最後に、前二例にもましてこれが最悪と思われる三例目を挙げると、映画化もされたため、皆さん良くご承知の遠藤周作氏の佳作「海と毒薬」のテーマたる日本人の絶対的倫理観の欠如である。作者によって作中で糾弾されているように、世間に知れようが知れまいが、他人がどう思おうが、己が悪と思えば悪だし、善と思うなら善なのだという絶対的倫理観を持ち合わせない人たちが日本人には多いという点である。如何に悪事でも世間に知られなければ善しとするところや逆に自分は悪と思うのだが、世間一般はそう見ないということがあれば、何の罪の意識もなく平気でやってしまうといった相対的倫理観の持ち主が多いというのが日本人の特徴のように見受けられる。同じ根っこから出た悪例が昨今の高級官僚の収賄詐欺事件であり、先年の金融機関トップの不祥事だと思うのである。すべて人に知られなければ善しという倫理観で処して来たのだろうが、とうとう尻尾をつかまれ、縛につけられたというところであろう。

それでは次に、なぜそういうことになったのかという原因面の考察に移ると、一つめは、学校教育において小・中・高校、とりわけ小・中学校課程の教え方が悪い所為《せい》と考える。つまり、（繰り返しとなる為、簡潔に述べるが）人間というものは身体的・精神的にどういう過程を辿って成長していくのかという面に関する広く且つ深い観察・洞察なしに行われていることに行き当たる。

二つめは、小・中学校のみならず、高校・大学等上級学校に於いても、単なる知識の詰め込み教育ばかりで、巾広く且つ深い徳性（教養、人間性）教育をしていないということに行き着く。

三つめは、一般的日本人が絶対的倫理観を欠くことの原因だが、マクロ的に見れば日本人は（多くの人が結婚式は教会で挙げ、葬式はお寺で行っていても普段宗教的生活をしていない為）無宗教の民と言え、従ってこれを欠くのだと思う。具体的に言うと、宗教的行為の核心たる霊的生活・内的生活に全く馴染みがないことに基因していると考える。厳しい絶対的倫理観は、静謐な霊的・内的行為……〝祈り〟の中で「神」とか「仏」とかといった超越的なものを介してしか得ることが出来ない（それが言い過ぎなら、その方が得られ易い）と思うが、一般的日本人はそうした霊的・内的生活に全くと言って良いほど馴染みがない。

人間社会が、自然科学を初めあらゆる面で高度化し、その中で生きる人間はあらゆる面でギリギリの対峙を迫られるであろう21世紀に、超越的なものへの帰依を大半の日本人が知らない・しないということは、21世紀に於ける日本人の重大な由々しき欠陥となりはしないかと危惧する。従来の日本人の常識では、その様なことは教育機関が手掛けることではないということになるのだろうが、その様な前世紀どころか、前々世紀の遺物の様な、古くさい常識はこの際ぶっとばしてほしいものである。

「信教の自由」が憲法に謳《うた》ってあるからと言って（憲法第20条）、何教によらず真の宗教の素晴らしさ、真の信仰の力強さを知らしめる為の教育が、これに抵触する筈はないのである。それとこれとは全く別問題である。信教の自由の保証と特定の宗教ではない包括的な宗教というもの自体の尊さを教えることとは全くもって矛盾しない。ドイツに生まれ今や全世界で七〇〇校以上をかぞえるシュタイナー学校でも、（本校はいわゆるミッション・スクールではないのに）宗教の時間があり、①カトリック②プロテスタント③自由キリスト教という三つのクラスに分かれて宗教の勉強をしている由である（勿論、それが嫌な人は受けなくても良い自由は保証されている由）。宗教の力、必要性を認識されてのことと思うが、素晴らしいこと・優れたシステムだと思う。すでにとりいれているミッション・スクールを除き、日本の学校もそれにならって極力早い時期に是非そうすべきだと考える（ドイツでは公教育でも宗教を扱かっている由）。

尤も、公立の学校でそれをすぐに扱う訳には参らぬことは承知している。同条3項で国がそれをすることを禁じているから。然し、私学でなら今すぐにでも可能な筈である。ここにも、後に述べる私の教育の自由化・民営化の根拠があるのである。

ここで憲法について一言触れさせて頂くと、憲法にあるから（今現在ないしは近未来は別として）未来永劫絶対に不可能と考える必要はないのである。憲法と言えど永久不変のものではない。制定当時の常識に過ぎない（長年月のうちには、陳腐化するものもあれば、そぐわなくなるものもある筈）。制定後、50年以上経過したのだから、良いところはそのまま残すにしても、修正・加筆するところもまた多いと思う。改定の議論・吟味は起こすべき時期に来ていると考える。まして、現行憲法は一〇〇％日本人の手になるものではなく、米国に押しつけられたものとまでは言わないが、米国人の草案になるもの故に。

また、憲法だけに留まらず、実定法に於いても何らかの形で当時進駐していた米軍の意向が反映されている筈だし、制定に携わった日本人自体も戦前の悪弊を忌避するの余り、誤りを犯しているところもあり（例えば、教育関係法案）、憲法同様、議論・吟味する必要があると考える。

日本の教職員組合の方々のご意見は教育基本法の改定は憲法に違反するから絶対反対だとのことだが、かなりドラスティックでラディカルな私の改定案でも憲法には（第20条3

項を除き）全然違反しない。改定と言っても、修正・削除ではなく、追加・補筆すべきところが多いのではなかろうか？　まずは、憲法に抵触しない範囲内で改定を模索し、どうしても憲法を変えなければ出来ないことが出て来れば、憲法といっても永久不変のものではないのだから、変えたら良いと思う。（まず、その必要はないと私は思うが…例えば、字面では抵触する憲法第20条3項でも解釈次第で変えなくても公立学校での宗教授業は可能なのではなかろうか。第20条の見出しが「信教の自由」となっていることでもあり、同条3項は同条全体の精神からすれば、特定の宗教教育をすることを禁ずるとすべきところを、誤まって宗教教育と言ってしまったと解釈出来なくはないと思う。）

三　学校、家族、地域社会のそれぞれが教育につきどのような役割を発揮すべきか？

〝教育〟という個人にとってと同時に、社会にとって、国家にとって、最重要な営みは学校、家族、地域社会が均等に分けて分担するというようなものではなく、中枢教育機関たる〝学校〟が主体的に受け持つべきものと考える。まして、昔のように家族、地域社会に余裕のあった時代ならともかく、現代のように共稼ぎ等で余裕の全くなくなった情況下（将来に向けてますますその傾向が強まる中）では、とてもそれらに均等の負担を負わせるべきではないと考える。

そして、何よりも今家族の中で子育てに従事し、地域社会の中で教育に携わっている人たちの大半はいびつな、びっこの戦後公教育を受けて育った人たちであり、この人たちの多くは真の正しい教育などできる道理もなく、むしろ期待しない、させない方が良いと考える（日本よりは家庭のしっかりしているドイツでさえ、シュタイナー学校は生徒の両親に対しそのように指導する由だが、まさに正鵠を射ていると思う）。

とは言え、本来は、学校が幹の部分を担うにせよ、家族は枝、地域社会（企業社会含む）は葉っぱぐらい担うべきは当然である。日本の家庭がこれからの正された教育の成果としてもう少しましになったら、そうすべきは当然であるが、現状では期待しない方が良いと思う。

「家庭」における教育の理想形はつぎに引用するＣ・チャップリン家の教育のようなものであるが、現代日本社会では望むべくもないことゆえ、せめて躾《しつけ》だけでも担ってもらいたいものである。

〃オークリィ・ストリートの地下に間借りをしていたころ、ある夕方の出来事だった。

わたしは熱を出して寝ていたが、その日は快方に向かっていた。シドニィは夜学に行っており、部屋には母と二人きりだった。もう夕方に近く、母は窓を背にして坐りながら、例によって、あの読んでは演じて見せるという独特の方法で、新約聖書の物語、とりわけ貧者や子供に対するキリストの慈愛の話をしてくれていた。

わたしが病気だというので、やはり多少は興奮でもしていたのだろうか、このときほど鮮かな、そして感動的なキリストの姿を、わたしはまだ見たこともなければ、聞いたこともない。寛容でおおらかなキリストの心、罪を犯して群衆に石で打たれようという女の話を、母は真に迫って話してくれた。群衆に向かってキリストがいうのである。「汝らのうち罪なきもの、まず石にて打て」と。

あたりがだんだん暗くなっても、母はただ一度明りをつけに立っただけで、あとはまたイエスが病人たちの心に信仰を目ざめさせた話だの、彼らがイエスの衣の裾《すそ》に触っただけで、たちまち病気が治った話だのを、いつまでもいつまでも話しつづけるのだった。

だが、イエスは祭司長やパリサイ人の憎しみと嫉妬《しっと》を買い、捕らえられてポンテオ・ピラトの前へ連れ出される。が、少しも取り乱したり、威厳を失ったりはしない。ピラトは、手を洗いながら（母はこの場面をきわめてリアルに演じてみせた）「この男に罪はない」と呟《つぶや》く。人々はイエスを裸にして笞《むち》で打ち、茨の冠をかぶせて嘲《あざけ》ったり、唾《つば》を吐きかけたりする。そして、「ユダヤ人の王万歳！」などとはやしたてるのである。

そのうちに、語りつづける母の眼に涙があふれた。磔刑《たっけい》用の十字架を運ぶのを手伝ったシモンに、イエスが心の底から感謝のまなざしを送った話や、イエスとともに磔《はりつけ》にされた盗賊が、死の間際に悔い改めて許しを求めたのに対して、イエスが「汝、今日より我とともにパラダイスにあらん」と答えられたという話などが、つぎつぎとつづいた。さらに十字架の上から母マリアを見おろしながら、「女よ、視よ、汝の子なり」と語りかけ、いよいよ死の苦痛にさいなまれながら、「わが神、わが神、なんぞ我を見棄てたまいし？」と叫ぶくだりなどになると、母もわたしも声をあげて泣いていた。

「おわかりか？」母はいった。「イエスさまはとても人間的な方だったんだよ。わたしたちとまったく同じように、疑いのために苦しまれたのだからね」

（中略）その夜、母はオークリィ・ストリートの暗い地階の部屋で、生れてはじめて知る暖かい灯をわたしの胸にともしてくれた。その灯とは、文学や演劇にもっとも偉大で豊かな主題を与えつづけてきたもの、すなわち愛、憐れみ、そして人間の心だった〟

（「チャップリン自伝」中野好夫訳　新潮文庫より）

最近の親と言えば、塾の無料体験入塾に子供だけ寄越し、子供の判断だけに任す親の何と多いことか？（後出の蹉跌①もその一例）小・中学生の判断が大人の判断と変わらないという見解なのだろうか？　子供だけ寄越して自分は来ず、子供の判断に任すからには、子供の判断は大人の判断と何ら変わらないのだという見解に立たねば、理解のしようがない。然し、仮にそうなら、それが事実なら、小・中学生でもう精神的には親は要らないということになる（その癖、もう要らないと思う大学の入試にはついて行く）。残された親の任務はただ身体的に大きくするだけということになる。いやはや何とも、我々の理解・常識を越えている。実態は、そういう親達の錯覚とは裏腹に、最近の子供達は史上最も頼りないのである。

事のついでにもう一つ似通った例をご紹介する。作家の曽野（綾子）さんがボランティア活動を強制してでも体験させようとされたことについて、世の親達の中には〝とんでもないこと〟という意見が多いと聞く。何という情けないことであろうか？　反対の理由が又ふるっている。ボランティア活動は〝本人の自由意志でするものだから、強制するとは何たることか〟というものらしい。時の文部大臣・町村さんが〝教育に強制でないものがありましょうか？〟と記者の質問に答えてソフトに仰っていたが、全くその通りで、教育とは総べて強制が原則なのである。これ又、世の親達の多くは先の例と同じで、子供達を一人前の大人と錯覚しているのではなかろうか？　生涯教育の一環として、大人にボランティア活動を強制するということなら、右の意見は正しい。然し、子供の場合は、全くおかしいのである。

何故、最近の親達の多くは、こうも子供達を大人扱いしたがるのであろうか？（ひょっとしたら、人権問題と絡めているのかも知れないが、別次元の話である）。それも史上最低にして、最弱の子供達を！　だからこそ、一刻も早く「教育」を変えて、もっとレベル高く、強く鍛えなければいけないのである。現実を知らな過ぎるにも程があろうというものである（この段落は少々脱線気味）。

脱線ついでに、もう一つ脱線させて頂けば、そういう親達は曽野さんの力量を推し量ることも出来ないのであろうか？　聖心女子大出で語学にも長《た》け、バリバリのクリスチャンである曽野さんが、先の反対意見の様な単純なことが理解出来ていないとでも思っているのであろうか？　その様な単純な分かりきったことは百も承知で、〝戦後教育をここまで悪くしたら、他に打つ手はない。強制してでも体験させなければ〟とのお気持ちを察することも出来ないのであろうか？　同じ日本人でも、世代によりかくも格差がついてしまうとは、教育とは恐ろしいものと思う。だから一刻も早く教育そのものを正さなければいけないのである。

とまれ、現代日本人がかつての日本人ではなくなり、さりとて欧米人と同じかというとそうでもない〝根無し草〟となった中、曽野さんの前途は多難乍ら、屈せず頑張ってほしいと思う。

つぎに、「地域社会に於ける教育は、学校とタイ・アップして、学校が設定するカリキュラムの中で、いずれ子供達も大人になったらそれらの一員となる訳であるから、実習の場を提供する形で協力する。その程度に留めるべきと思う。

そして、「学校」は確固たる人間観に基づき、生活面の卑近な学科（家庭科、体育、図工、音楽、習字等）から、精神面の高度の学科（芸術、宗教等）に至るまで、巾広く且つ深く体系立てて施育し、教育の躯体部分を担当すべきものと考える。

四　教育改革を今後具体的にどのように進めていくべきか？

1)現状分析

公教育なるものが日本に導入される前と後に於ける、いわゆる大人物なるものの輩出振りを比較してみると、

①明治期の内村鑑三、新渡戸稲造、矢内原忠雄等の傑物輩出振りを見ると、公教育導入前の江戸期の教育の方が明治期のそれより良かった所為《せい》ではないかとさえ思えて来る。つまり、江戸期の高等教育は各藩の藩校と幕末時点で一、000校を越える私塾が担っていた訳だが、公教育に於ける先生方より優れ、システムも優れていたのではないかと考えられ、

②時代が下るにつれ、傑物の輩出振りが鈍化して来るのは、明治以降の公教育がどんどん悪化の一途を辿っているからではないかと思われる。つまり、公教育を担う先生方の資質・力量がどんどん落ち、システムもだんだん悪くなっている所為《せい》と考えられないだろうか？

2)対処方法

今更、だからと言って、私塾に戻すべきとまでは言わない。然し、現代の私塾は私学である。福沢諭吉翁が古くより主張されているように、教育は総べて私学に任すべきではなかろうか？　世界的にもそうだが、日本でも工業・商業界ではすでに官営⇩民営、自由化⇩競争⇩多様化の流れが定着している。教育は農業と共に時代の流れに取り残されている観がある。今すぐにはならぬなら、その間暫定的に、（私学に対する）官学の存続を前提とする小手先の改革ではなく、私学への全面移管を視野に入れた、或いはそれを前提とす

るドラスティックな改革が必要である（暫定案としては、「官主私従」から「私主官従」へ持って行く。田舎は官学を残すにしても、都会は私学だけでいいのでは？）。然し、いずれはオール私学化が理想と考える。国鉄も、電電も、専売も総べて民営化されたのだし、明治期のような近代国家として生まれたばかりで、一般市民の知力も経済力も十分でない時期ならともかく、知力、経済力共に十分に備え、社会も成熟し、多様化を続けている時期に、「教育」だけ依然官営（公営）でなければならぬという論理はない。否、それどころか、成熟し、多様化を続ける現代社会にあって、依然古い理念で（現行教育関係法案は、戦後間もなくの昭22年の制定ゆえ、制定当時はいかに素晴らしかったにせよ、約50年を経過し、時代にそぐわなくなって来ている点も多く、不備な点も多い）、然も北海道から沖縄まで画一的に当たろうというところに、根源的な無理がある。

次に引用するR・シュタイナーの言葉は、いやしくも教育に携わる者なら誰でも肝に銘ずべきものと考える。

〝学校は自律の基礎の上に立つべきである。国家や経済界は自律的な精神世界の中で育った人間を受け入れるべきであって、決してその教育方針に干渉してはならない。どの時期に何を学ぶことができ、また何を学ぶべきかを決めていくのは、ただ人間の本性より決まることで、国家や経済界の要求で決めるべきことではない〟

ノトリアスな旧国鉄と動労の対立にも比すべき、旧文部省と日教組の対立が戦後公教育（官学）の足かせの一つとなって来たが、これとて国が扱うから時代に乗り遅れ、柔軟性を欠き、対立を深めたのであって、さっさと民営化しておれば、足かせにもならなかった筈である。

民営化後のＪＲを、ＮＴＴを、ＪＴを見れば、一目瞭然と思う。自由化[*1]、競争[*2]、多様化[*3]をキーワードとして、一刻も早く民営化すべきと考える。

＊1　自由化：学区制……⇩緩和⇩撤廃
教員免許……小・中学校：現在の初等・中等教育は主体的に国によって遂行管理されているのであるから、それに従事する教師も主体的に旧師範学校系の国公立教育大卒によって占められているのも無理からぬこと乍ら、私大卒も含めたウェル・バランスが望ましい。
高校・大学：実社会の経験者である社会人にも、もっともっと門戸が開かれるべきである。

＊2　競争：学校間、先生間競争の意

＊3　多様化：学校としての多様化の意

学級崩壊対策がどうの、苛め・不登校生対策がどうのと言う様な対症療法ではなく、抜本・根治療法が必要である。官主導の今の学校なら、それら問題が起こって当然と思う。何となれば、子供達の欲求（ニーズ）に合っていないのだから。

30人学級を要望する現場からの声が高いやに聞くが、今のやり方で評点1～5まで突っ込みなら、30人どころか、例え10人でやっても無理（私自身実際に自分の私塾で試みてみたが無理であった）。逆に、今のやり方でも、能力別に分ければ30人どころか50人でも可能と思う。尤も、それは『教育』の〝教える〟という視点からのみ言えることであるが…

従って、当面の対策案としては、①戦後公教育（官学）の悪弊の一つである悪平等主義を廃して能力別にするか、②それでも猶、総べて現状どおりに固執するなら、シュタイナー方式の採用以外なかろう。（尤も、シュタイナー方式の採用等、言うは易しいが、実際は大変なこと。然し、できなくはない筈。スイス・ベルン州の公立学校では50年前から導入している由ゆえ。）両案が有効なことは、塾でもシュタイナー学校でも、学級崩壊や苛め・不登校生問題等起こったためしがないことが証明していると思う。

ここで、ついで故、いわゆる悪平等主義について一言触れたい。教育の機会均等を謳《うた》う基本法第3条は、「すべて国民は、ひとしく、その能力に応ずる教育を受ける機会を与えられなければならない……」となっている。この条文のどこに、いま世の親達の言う、能力別にしたらいけないという論拠があるのであろうか？　恐らく条文中にある〝ひとしく〟から短絡しているのであろうが、その後にはつきりと〝その能力に応ずる教育〟と書いてあるではないか？　成程形の上では〝ひとしく〟は〝その能力に応ずる〟と共に〝教育〟にかかるのだとする説も成り立たなくはない。然し、〝教育〟にかかる修飾語句として〝その能力に応ずる〟という文言がある以上、それと並んで〝ひとしく〟が〝教育〟にかかるのだとする説は、論理上、矛盾する。内容的・意味的に成り立たない。従って、能力別に教育を施すことが法律に反する根拠とはならないのである。むしろ、能力別にしない方が法律違反になろうというものである。

然し、ここで誤解のない様に敢えてつけ加えるが、だからと言って私は戦前から日本教育界に脈々と流れる、いわゆる「能力主義」なるものに組するものではない。真の平等主義、合理主義的見地から言っているのである。

能力を無視して、同一のものを画一的に教えて、それこそ子供達がひとしく理解できようか？　親の体裁の為に、子供が犠牲になっていると言わなければならない。生まれ乍らにして、運動能力に差がある様に、学力にも差があるのである。だからこそ、その能力に応じてとなっているのである。ひとしく教えたら、ひとしい学力が得られると考えるのは幻想である。

これぐらいのことが理解出来ぬ、親達も親達だが、この法律を盾に、（総《す》べてとは思わぬが）道理を弁《わきま》えぬ今の親達を一蹴・説得できない、文部科学省の方々を初めとする教育関係者もふがいないと言えばふがいないと思う。悪平等主義の結果、評点1から5までの子供が同じクラスで学ぶから、能力のある子供は時間を持て余して騒ぐし、能力のない子供はそれでも分からなくて騒ぐしで、これが学級崩壊の主要因になっていることに気がつかないのであろうか？

最後に、教育民営化後の文部科学省の仕事について触れたい。文部当局は教育の大枠だけ決め、後は現経済産業省（旧通産省）が緩やかに各企業を管理・調整するように、各学校（私学）を緩やかに管理・調整したらいかがであろう。各学校の教育理念、カリキュラム、具体的な考え方等は各学校の創意と工夫に任せたらどうであろう。そうすれば、学校間競争が生まれ、優れた学校が勝ち残り、劣った学校が自然に淘汰されていくであろう。そして、その結果学校も多様化し、社会のニーズの多様化にも対応できることとなろう。

その晩には、非行、いじめ、不登校、学級崩壊問題等自然解決している筈である。

本節ではここまで、私が教育改革のうち、最も根源的なもの……従って、何は置いても最初に手掛けねばならないと思うものに絞り込んで論じて来た。

然し、本節は全体の最終節に当たる。本節で論じて来たことが、いかに根源的であるにせよ、改革を要することはこれだけではない。本節に先立つ前三節の考察で、現行公教育（官学、特に義務教育）関連の悪さ加減は諸々浮かび上がっていた。よって、それらをも含め、最後に当たり重大項目順に纏めておく。

①教育の自由化／民営化（本節参照）
②教育関連法案の改定（第1節⑷及び第2節参照）
③民主教育の二大理念の更なる追及（第1節⑷及び第2節参照）
　ⅰ）個の確立：一応、及第点はつけられるも、更なる深化を目指して改善要
　ⅱ）公共の精神の涵養：従来看過されて来たとの認識のもと、特に注力要
④教育という名に値する教育体系、カリキュラムに。（第1節⑵参照）
⑤教育現場に於ける教え方、プレゼンテーションの改善（第1節⑸参照）

以上、現代日本教育界の惨状を目の当たりにし、また現代日本経済界の欠陥乃至は世界的悪評判を耳目にしたからには、……尤も私如き微力者が一人で然も精々10年か20年、どれほど努力してもたかは知れていると思い乍ら、……傍観・放置できなかったのである。クリスチャンでない方々にはキザと聞こえるだろうが、キリスト教的に言えば、この時「神の声」を聞いたのである。

〝いかに微力でも、又いかに限られた期間であるにせよ、最善を尽くせ〟と。

そして、〝一粒の麦、地に落ちて死なずば、ただ一つにてあらん。もし死なば、多くの実を結ぶべし〟という聖書中の有名なくだりの心境で、すでにサバイバル期にある今、苦闘覚悟、リスク覚悟で、我が私塾を創設したのである。世間一般の営利目的主体の予備校的な塾とは、創設の動機・教育に対する視座（姿勢）・教育目的（理念・哲学）、いずれをとっても次元が違うのである。

第三章　経済基盤及び立地を含む全体構想固め

前述のとおり、我がシルバー・ライフの目玉として何をするかは固まった。つぎは、何処《どこ》で事業を興し、何をして食べるかである。とりわけ、前述の構想がいかに立派で優れていても、後者：食べる手立て（経済基盤固め）がちゃんと講じられていなければ、砂上に築いた楼閣《ろうかく》に過ぎない。旨く行けば前述の事業自体も益を生まぬとは限らないが、計画段階の今からそれを当てにする訳にはいかない。もっと確度の高いものを引当てにすべきと考え、これは外した。

私が齢《よわい》五〇の大台を目前にし、シルバーライフのことを考え始めた頃は、時あたかもバブル絶頂期で僅かばかりの土地が信じられない様な高値で売れた。これを元手に、関東・関西・北九州（福岡）を中心に、再投資先を鋭意物色し、その結果、最も利回りに優れ、「楽しみたい」の構想にも好都合な、福岡の棟建賃貸マンションを選んだ。

これが結果的には最大要因となり、余り迷うことなく、自宅・別荘の九州立地がすんなり決まった。と同時に、自家保有の賃貸マンションの管理を兼ねてこのマンションの一つに住み、近くで事業を興す（「役立てたい」の実践）、平日の昼間は自らの勉強をする

音楽教室

学習塾

（「やってみたい」の実践）、週末・夏場は大分の山野に遊ぶ（「楽しみたい」の実践）という全体構想がおぼろげ乍ら私の頭の中に浮かんだ。

全体構想を纏めるとつぎのとおりとなる。

事　業：（コア部分）ジュニア向け「学習塾」、
　　「音楽教室」
　　（サブ部分）シニア向け「教養・文
　　化教室」
事業立地：福岡市内又は福岡市周辺
自　宅：同上
収益源：福岡の賃貸マンションの賃貸益
　　関西の自宅の賃貸益／売却益／年金
cf.現在の経済情勢からすると、不動産は今直ちに売却するのは時期尚早で得策ではない。もう少し待つべきと考え、借金で首が回らぬ中、我慢して保有中。

第二篇　飛翔そして挫折

第四章　福岡での実践の詳細

　これで経済的基盤は整った。退職金を元手に（別の言い方をすれば、これを限度に）世間に迎合せず、自分の思うところを存分に実践しよう。そう考えた次第である。そして、私にとっての最後の在籍企業（S社子会社）も、買いかぶりではなく、私を必要としていなくはないと思うが、世間はもっともっと私を必要としている筈、私をもっと必要としている所が、…分野が、…人がきっとある／いる筈と思えた。そうとすれば、出来るだけ早い方が良い。同じ一年でも若い時の一年と老境の一年とは違う筈。その様に考えている最《さ》中《なか》の五七才の年央に、仕えていた社長が退任されることとなった。この機を逃したら少なく共、三年は待たなければならない。下手をすると五年以上も待たなければならないかも知れないと思われた。よって、この機を捉《とら》えて思い切って会社勤めを辞めることにした。

　残るは、（先に結論づけた）子供達への教育に係わるとしても、具体的に何をするかである。齢六〇にして学校の教師になる手はない。この年齢で出来ることと言ったら、塾しかない。それも一講師ではお話しにならない。自らの想い・理念を実現出来る…つまり、自己実現出来ることと言ったら、自ら経営するしかない。そう考えて塾経営を決意した次

塾説明会風景

第である。

それでは次に、いよいよ我が塾の提供するサービス内容をどう設定するかという最も大事なステップに足を踏み入れることとする。

現代日本の公教育の抱える問題点は前々章で整理した。今度はそれらに対応する具体的対策をどうするかということである。頭の柔軟な幼児期から、広く且つ深い透徹した人間観に基づき教育する、言い換えれば子供の時から学力高くは言わずもがな（但し、学力高くだけでは不可）、真の教育観（＝価値観）に基づき、視野広く、スケール大きく、人間味豊かに教育する必要があろう。

本来は前々章で指摘した公立学校の欠陥を補完すべき立場にある「塾」も、世間一般の大多数の塾は学力面の補完のみ、いわば予備校である。

まだ完全には固まっていないまでも、そこそこ自分の殻ができつつある高校生以上なら予備校でも良いであろう。しかし、精神面、情緒面等あらゆる面で成長期にある小・中学生の場合、塾が予備校で良いはずはない。にも拘わらず、ちょっと例が当を得ていないかも知れないが、自動車業界で一時期「安全」は銭にならないと言われ（外国勢のエア・バッグの成功以来、最近は様変わりしているが）、等閑視されたように、「徳育」面は（その必要性を認識し乍らも無視しているのか、認識すらしていないのかは判然としないが）見向きもされていないのが塾業界の現状である。

　そのような情況の中で、我が塾はつぎに述べるような、当今極めてユニークな特長を持って、'97年3月福岡の一隅に弧々《ここ》の声をあげたのである。それではつぎに我が塾の全貌をチラシから転載してご紹介しよう。

T塾へのお誘い！

上の写真の人物は言わずと知れた音楽の大天才W・A・モーツアルトです。

然し、彼は天才だけが自然に花開いたのでしょうか？

メーリケの「旅の日のモーツアルト」でつとに有名な様に、モーツアルトと旅は切っても切れない関係にあります。

彼、モーツアルトは紛れもない大天才でした。然し、もし彼が幼き日に旅をしなかったとしたら、どうだったでしょうか？　あの様な見事な花を咲かせ得たでしょうか？

旅が肥やしになったとは衆人の認めるところです。

学問も同じことです。

学問の肥やしは教養です。これを欠いてはいくら猛勉強しても、大人《たいじん》にはなれません。それもモーツアルトの場合の様に、人生の早い時期に与えられる必要があります。その教養に根ざす教育、言い換えれば、〝人を人とする〟教育（全人教育）を小・中・高一貫して施すのが、当塾の一大特徴です。従って、当塾の卒業生は先で違って来ること請け合いです。

狭い視野で、然も近視眼的にしかものを見ない現代にあって、この様に長い目で見、然も巾広い教育を施す塾は、福岡広しと言えど、そうざらにはありません。

W・A・モーツアルトが理想を追った音楽家であった様に、当塾も理想の教育を追及します。

T塾は既存塾と一線を画します!!

塾に通っているのに成果が出ない。勉強しているのに成績が上がらない。受験情報が分からない。クラブ活動との両立が難しい。そんな不安や悩みを持っておられませんか？

当塾では、そういうお子さん達の気持ちに応えて、当塾独自の少人数制と授業法により、〝確実な学力の向上〟を目指します。また、CPUによる成績管理や受験情報の提供で、

〃志望校合格〃へと導きます。

　然し、当塾の特色はそれだけではないのです。

既存の塾と同じ様な内容で競うだけなら、塾隆盛期はとうに過ぎ、サバイバル期にあるこの時期に、私は当塾を開設しなかったでしょう。

当塾は公教育（以下総べて狭義の公教育つまり公立学校教育の意）を補完する機能を強め、既存の塾にないものを加えて私塾としてのあるべき姿……理想の姿を追及します。

独自点――①：小・中・高一貫教育
然も、施す教育は「最広義の教育」

　私塾とは本来公教育の補完を司るのが使命ではないでしょうか？　公教育が万全なら私塾など必要ない筈です。日本の公教育の〃教育〃の範囲を皆様十分とお考えでしょうか？狭すぎるとはお考えになりませんか？　既存の私塾の殆どは一層狭いのではないでしょうか？　21世紀は私塾の時代という声がありますが、ここで言う私塾とは今現在大勢を占めている予備校的私塾ではない筈です。

　そういう観点より、当塾では〃教育〃の範囲を拡げ、凡そ教育の対象と考えられるものは総べて対象とします（最広義の教育）。

そして、この最広義の教育部分、いわば教養教育の効果は即効性のあるものではありませんが、左記独自点③同様、単なる実験的施策ではなく、過去の塾経営の中で、その効果が卒業生達によって熱烈に支持されているものなのです。この様に、当塾は教育というものを速効的なものに限定せず、遅効的だけれども効果絶大というものについて長期的視野から損得を度外視して取り組んでいるのです。

当面のゴールは、他塾同様、志望校合格ですが、真のゴールはそれに留まるものではありません。短く見てもスクール・ライフ中、長く見れば、一生と考えています。従い、当校卒業後と言えども、何か相談事がある場合、いつでも来訪を歓迎します。同様の趣旨より、不登校生諸君に対しても、そのゆえには忌避しません。お気軽にご相談下さい。

また、私塾としては珍しく〝サマー・キャンプ〟を実施していますが、これも人作り教育の一環です。(今時、この様な志の高い教育を提供する私塾が他にありましょうか)

独自点──②：その為に教師陣は学力のみならず、教養・人格面でも、傑出した人達を厳選

最近、少年が惹き起こす事件が凶悪化している為、当局もにわかに「心の教育」の必要性を強調し始めました。然し、日本の教育に「心の教育」が必要なことは言われ始めて久

しいことです。また必要を感じたからといって、何の準備もなく直ちに始められるものでもありますまい。自ずから手順というものが必要です。「心の教育」ほど教える側に〝能力〟（学識と心）を要求するものもありません。先達ても西日本新聞に修猷館高校の元校長先生が「心の教育」を云々するなら、それが教えられる大人を育成する方が先だと述べておられましたが、正にそのとおりだと思います。

当塾では、「学力」のみならず、「人格面」から見ても、「教養面」から見ても、最優秀な人達を教師陣に揃えています。（この様に三拍子揃った教師陣を持つ塾はそうざらにはないと自負しているところです。）

独自点――③：然も、総て他人任せではなく、塾頭自らも教壇に立ち、率先垂範

何百人という生徒さんを指導するのなら、たとえ一科目と言えども一人で総ての生徒さんを指導することは物理的に不可能でしょう。然し、当塾の場合、幸いにして少人数制の為、全学年合わせても（施設・設備的に）百人を越えません。百人未満の生徒さんなら、自ら直接指導しようと思えば、できなくはないのです。そして、自ら指導できれば、それに越したことはないと思うのです。そういう考えから、塾頭自ら、科目は特定しませんが、

最低何か一つの科目で、総べての塾生を指導させて頂きます。皆様の掛け替えのないお子さんお一人おひとりの責任ある指導並びに隠された特質・美質を極限まで引き出す為の独自のシステムです。然も、これ又単なる思いつきではなく、過去の塾経営の体験に根ざす信念の施策なのです。

勿論、塾頭は前項で述べた様な優秀な教師陣の中でも総てに亘って一際抜きんでた存在でなければなりません。従って、塾頭も猛研鑽しております。（この様な塾頭も、塾多しと言えど、極めて稀な存在と思います）

独自点―④：更に、教育効果を高める為、学力別対応（クラス分け）を制度化

いかに、当塾独自の勝れたシステムである①少人数制、②ハイレベルの教育、③巾広い教育で迫ろうと、十数名も集まれば、能力差はかなりのものとなります。レベル的に或る程度揃えた上での十数名なら、人数自体は何ら問題のない数字なのですが、一つしかないクラスで十数名というのは、問題点をはらむ場合があるのです。そういう考えから、常識的な見方からすれば、何等問題のないクラス編成乍ら、更に理想の授業を求めて「クラス分け」を実施しています。経営的に見れば、クラス分けは経営圧迫につながりますので、

経営者はやりたがらないものですが、当塾ではただひたすらサービスの質的向上を目指して実施しています。（こういう点に現れる塾としての誠実さにもご着目下さい）

独自点―⑤：その上、雰囲気／設備も塾らしからぬもの。ビデオ、図書も拡充中

塾と言えば、玄関の扉から壁、窓に至るまで、卒業生の合格学校名一覧や宣伝広告文で埋め尽くされているのが通常ではないでしょうか？　然し、当塾は勉強をする場所にふさわしく、教室のレイアウト・色調・遮音等々十二分に考え抜かれています。これが塾かと見紛う程の雰囲気です。百聞は一見に如かず、一度見学にいらしてみて下さい（体験入塾随時）。また、お子さんの勉学に役立つ様、ジュニア用のビデオ・図書の充実化も鋭意推進中です。（この様なところにまで気を配る塾はそうざらにはないと思います）

最後に、当塾の独自性について縷々《るる》述べて参りましたが、上記のシステム総てを併せもつ塾が、福岡全市で……否、福岡全県でも、一つでも存在するでしょうか？　一つとしてない筈です。そのぐらい当塾は独自性に富む私塾なのです。当塾のレゾンデートル（存在理由）は、現在の既存塾の大勢と一線を画することだと言っても言い過ぎではないのです。

然し、最後に誤解のない様に、繰り返しますが、当塾がいかに独自性を誇るとは言え、

独自性しかない塾ではありません。冒頭でも述べました様に、既存塾が持つ機能……いわば共通機能を全うした上で、独自性を付加しますよと申し上げているのです。その様な私塾として理想の姿・あるべき姿を追及する……いわば「夢」の私塾がお近くにオープンしたのです。皆さん末長く可愛がって下さい。

第五章　理想と現実の間《はざま》で

前章で述べた様な独自性溢れる特長を掲げて、（然しスタート時期まで独自性を打ち出す必要も感じなかったので）、塾業界のしきたりに従い、学校の授業開始より約一ヵ月早い3月上旬よりスタートさせせたが、のっけから矢継ぎ早に信じられない様なことが続発した。

一　蹉跌《さてつ》―①：塾生の造反事件

開塾してまもなく、一学期も経過しないうちに、平素余り勉強しない塾生（総べて女生徒であったが）三人ばかりがグループで、授業が分からないとクレームをつけて来た。それでは言い分を聞こうと話し合いの場を持つこととなったが、彼女らの言い分を聞いてみると、自分達の不勉強は棚に上げて、唯ひたすら教師の説明が分からない、分かるまで一人ひとりに対し徹底的に説明してほしいときた。念の為、同じクラスの他の生徒達に事情聴取してみたところ、説明は良く分かる、それよりレベルをもっと上げてほしいという意見が多かった。問題点は教師の説明技術不足ではなく、レベルの不揃いだったのである。件《くだん》の女生徒達が早々と落ちこぼれていたのである。（その後、抜本的対策として更なるク

ラス分けの徹底を図った）

自らは分かろうとちっとも努力せず、分からないと教師の教え方が悪いと決めつける。揚げ句は母親達が押し掛けて来て、子供達と全く同じ論調で教師の教え方を難詰する。仕舞には教師を替えろと迫って来た。〃教師を替えるか、替えないかは、経営者であり塾頭である私が決めること。あなた方の指図は受けない〃と突ぱねたが、これは自ら責任が取れる私塾・経営者だから出来ること。学校でこの手で攻め立てられると、例え校長でもこのタンカは切れないだろうなと思った次第。親が子供とは異なる大人としての意見・見解を持って教師と対峙するならともかく、子供の言い分をそのまま鵜《う》呑《の》みにし、一方的に教師の教え方が悪い、教師を替えろと責め立てる今日の親達の姿勢をみていると、これでは学校、とりわけ公立学校の先生方も大変だなと同情することしきりであった。（今日の学校の荒廃の一半は、こうした親達の見識の無さ、身勝手且つ一方的な態度にもあるなと感じ入った次第である）〃雪に耐えて梅花潔く、霜を経て楓葉丹《あか》し〃とうたった西郷南州の心など、今日の日本の大半の親達にはとんと分かるまい。

それと、生徒達のものの言い方の無礼・非礼さ、態度の横柄さにも一驚を喫した。全く呆《あき》れ返ったものである。苟《いや》しくも教えを乞う人に対する口のきき方、態度ではない。〃何を言っても良いが、言い方だけは気をつけろ。つまり自分達は教えを乞うている〃生徒〟、相手は教える人〝先生〟という立場の違いを弁《わきま》えろ。それを踏み外した無礼・非礼は絶対許さぬ〟と一喝したが、本事件は図らずも家庭並びに学校に於ける躾《しつけ》教育の至らなさ加減・悪さ加減を露呈した事件であった。

とまれ、理想に燃えて漕ぎ出した直後だっただけに、落差の大きさも手伝い、受けたショックは並大抵ではなかった。ボクシングに例えれば、1ラウンド開始早々いきなりカウント8のダウンを喫した様なものであった。

二　蹉跌《さてつ》―②：塾生の駆落《かけおち》事件

造反事件後、さほど経たない夏休み前に、またも信じられない事件が起った。中学生による駆落事件である。（女生徒の方のみ我が塾生）

高校生ならともかく、中学生の駆け落ちなどいかに早熟の時代とは言え、思いもよらぬことであった。塾に通い乍ら、それも受験を控えた中三生同士の駆け落ちなど、どう考えても、戦後派とは言え、限りなく戦前・戦中派に近い我々の理解を越えている。

それでも、中学生同士のことではあり、経済的に長期間はもたず約一ヵ月程度の遁走《とんそう》で、一度は幕がおりたのだが、これで完全に幕がおりないのだから、最近の中学生の、事こういう事に於ける粘りは大変なもの。第二幕の粗筋はつぎの様な次第であった。

キャンプ風景

第一幕の閉幕後、当然のこと乍ら、女生徒の方の両親の監視の目が厳しくなり、仲々二人だけになれなくなった。そこで、件《くだん》の某君は一計をめぐらした。

夏休み期間中に当塾では目玉としてキャンプに行くことにしていた。これには塾生の友達であれば塾外生でも参加できることになっていた。件《くだん》の某君がこれに目をつけた訳である。駆落相手の我が塾生（女生徒）がキャンプに参加することを知った件《くだん》の某君は我が男子塾生の友達として参加しようとした。作戦を見抜いた私達は定員に達したとの理由で件《くだん》の某君の申込は断ったが、念の為、塾生（女生徒）にも参加を遠慮してもらった。

これでも一件落着とならないところが最近の中学生のかかる方面に於ける強《したた》かさである。駆落相手の我が塾生（女生徒）が不参加なことを知らぬ、件《くだん》の某君は他グループに紛れ込み、キャンプ当日、キャンプ場に来ていたのである。各コテージの灯が一つ又ひとつと消え始めた頃（多分午後10時頃だったと記憶する）、我々のコテージの周りをうろついている件《くだん》の某君を私自身が発見したのだから間違いない。そのしつっこさ、強《したた》かさに驚き呆れると同時に、その粘り強さ・情熱を勉学の方に向けたらと本当に残念に思った次第である。

聞けば、件《くだん》の某君は元々は学業成績も悪くなかった由だが、現在は学校には行っていない……つまり、いわゆる〝不登校生〟の由であった。気が向いたら、話しにでも来る様、友人を介して件《くだん》の某君に伝えてもらったが、ついに来ずじまいであった。

三　蹉跌《さてつ》―③：塾生両親の無関心

駆落事件から二・三ヶ月経った秋たけなわの頃、私共は当時ジュニア向の学習塾と共に、シニア向の教養・文化教室（「熟塾」と呼称。詳しくは後述）も併営していたが、この「熟塾」の一例会にて、ジュニア向にしろ、シニア向にしろ、それらを私がどの様な動機から、どの様な理念で、どの様な具体策をもって運営して行こうとしているのかを（「熟塾」メンバーのリクエストに応える形で）語らせてもらうこととなった。

「熟塾」の例会とは言え、日頃子供さん達の教育・指導に携わっている人間が、どの様な人物で、どの様な動機から塾を始め、どの様な理念でそれを運営し、どの様な具体策をこれから展開しようとしているのかは、塾生の親御さん達にとっても大変興味のあることではなかろうかと考え、塾生の親御さん達にも特別に招待状を発して参加を誘った次第である。

然し乍ら、親御さん達の参加はなんと皆無であった。又々ショックであった。万が一、大勢お見えになったら、私共の教室では最も大きい教室でも20名強しか入れない為、50名は優に入れる他社の会議室を特別に借り受けて臨んだのだが、ものの見事な肩透かしであった。こういうことからも、今日の親御さん達の塾に期待するものは、まずは学校の試験・通知表点数の伸長であり、延《ひ》いては少しでも世間の評価の高い上級学校への入学であって、私が最も注力している〝教養教育〟だの、〝人づくり教育〟だのといった方面にはとんと興味もなければ、関心もないことが窺《うかが》い知れる訳である。

後に詳しく触れるが、「熟塾」のジュニア版を〝教養講座〟として、月一回子供達にも無料で提供しているが、毎回片手を越えない出席者数で推移しているのも、両親の考えがこういう状態なら、無理からぬことと痛感した次第である。

開塾して丸一年も経たぬうちに立て続けに経験した右の三つの事件を考え併せると、以

春に夏に潤いを与えてくれた街路樹

前に塾を経営した30年余前と比較し、（場所的差異はあるにせよ）何という悪化振りかと慨嘆することしきりであった。教室と自宅を結ぶ道路脇には市内きっての街路樹が繁り、春に夏に、そこを往き来する私の目を、心を和《なご》ませてくれていたが、折しも秋も傾き葉っぱを落とした落葉樹、秋風に舞う落ち葉が、理想と現実の余りの乖離《かいり》に、悄然《しょうぜん》たる思いの私の心を一層滅入らせた。

第六章　第一ラウンド初年度総括と二年度のスタート並びに閉塾

前半は何かと問題の多かった初年度であったが、後半は小・中学校最終学年生：小六生・中三生の受験日が近づくにつれ、彼らにつられて塾全体の知的緊張感も高まり、その後はさしたる事件もなく、文字どおり、あっという間に学年末を迎えた。

初年度の掉尾《とうび》を飾るべき入試戦の首尾も、ホームランこそ出なかった代わりに三振もなく、そこそこの成績で終えることが出来た。上位1／3は福岡県立御三家校（修猷、福高、筑紫丘）にこそ手が届かなったが、一応県立校か有名私立校に入り、残る2／3も総べて私立校に入り、全員合格を果たした。

今回の入試受験・合格は、……それが満足すべき結果であったにしろ、なかったにしろ、……彼らにとって人生最初の試練の克服・突破だった筈。ならば、ひとつ思い出の教室で、関係した先生方も交え、ささやかなりとも祝賀会を催してやろうと思い立ち、合格発表日に合わせ私立組は2／23（土）に、県立組は3／28（土）にと、二組に分けて実施した。

席上、小六生にはちょっとしたプレゼントを、中三生にはこれからの高校生活に何か役立つ本をという趣旨で田代三良著「高校生になったら」（岩波ジュニア新書）を全員に進呈した。

永い目で見れば、初年度全体がPR期間みたいなものだから、（初年度は開塾時、春講時、夏講時、冬講時という節目、節目の生徒数の伸びが思うに任せなかったが、余り気にせず）ひたすら第二年度からが勝負だと自らに言い聞かせ続けた。そういう意識のもと、大過なく過ごした初年度を後楯に、第二年度に大きな期待をかけて、元旦早々から、新年度に向けたPR戦に臨んだ次第である。

然し、結果は全く期待を裏切るものであった。いかに新年度の緒《ちょ》についたところとは言え、熱がなさすぎた。説明会をしても出席者が極端に少なく（出席者は0か、あっても僅か1名）、チラシを打っても反応が鈍い。塾生のツテ・コネを使っても、殆ど効果がないという有様であった。ペイ・ラインを塾生数＝三〇名と踏んでいたが、辛じて半分に達する程度の大幅未達であった。この期《ご》に及んで、この場所、この規模では到底望みはないとの決断を下し、残るは少ないとは言え、塾生もいることだし、同じエリア内で場所を少し変え、規模を小さくして、（塾の規模を塾生数に見合ったものにしての意）塾としての存続を図るか否かに焦点を移した（3月末時点）。

当塾のレゾンデートル（存在理由）は公立小・中学校の二大欠陥たる「（英）・算（数）・国・理・社等実用学科教育のレベルの低さ」と「人間性（教養）教育の不十分さ」

を補完することにある。前者は何も当塾に頼らなく共、一流の塾ならどこでも叶えられること。然し、後者は福岡広しと言えど、当塾以外では叶えられない筈。ならば、当塾の真のレゾンデートル（存在理由）は、後者にこそある。当地に於いて当塾を存続させるか否かの決断は、現塾生並びに両親がこれを価値評価するか否かによって決めようという結論に達した。早速、時を移さず一人一時間程度の面談を持ち確かめた。開塾以来丸一年の間の生徒達の受講態度や両親の反応を見ていたら、九分九厘駄目だろうなと予想できたが、事実これを認めた塾生・親は一人も居なかった。この時即閉塾を決意した。（添付レター二通ご参照）

面談した一人の母親の言葉が今も私の胸に突き刺さっている。

〝そんな特殊な塾だということが最初から分かっていたら入れませんでしたのに〟

拝啓　ついこの間、桜が満開だと思ったら、もう〝さつき〟や〝ひらど〟が満開の季節を迎えました。皆様にはお変わりないことと推察します。

さて、新学期がスタートして早一ヵ月が過ぎました。塾の経営者からすれば、この時期が正にかきいれ時……新入塾生待望の時期でしたが、若干の増加はあったものの、期待した程には増えず、頭の痛い限りです。ご父兄の皆様にも、二月以来勧誘運動をお願いし、お子さん達にもお友達の勧誘方をお願いして参りましたが、キャンペーンの結果としては残念乍ら、一人の成果もなく、家賃を含む高額のコスト負担に頭を抱えております。今暫く頑張って見ようと思っておりますが、自ら限界というものがあります。情況に好転なければ、お子さんの受験の時までお世話できるかどうか甚だ疑問に感じられ始めております（少なく共、右の理由により、現在地での、現規模による経営続行は断念します）。かてて加えて、去る4／25（土）に今年度第一回目の当塾・青少年向け教養講座「映画会」を催しましたが、ご父兄にもご協力を呼び掛け、お子さん達にも直接呼び掛けたにも拘わらず、残念乍ら僅か三名のお子さんの出席を見たに留まりました。正直に本音を申し上げますが、今の義務教育課程の小・中学生にとって、何よりも必要なのは正にこうした教育だと思われますし、私自身主要五教科の授業より、こうした教育の方を、塾経営の〝やり甲斐〟に思っておりますが、昨年の開塾以来、地区の皆さんのこうした教育に対する無関心・無理解に泣かされ続けております。こうした教育は、小・中学生に関わる事件が起こる度になされる識者の指摘を正に具現化したものなのですが、それにも拘わらず、なぜ地区のご父兄の皆さんのご理解が得られないのか、私にはその理由が分かりません。時を得なかった、所を得なかった、人を得なかったとしか考え様がありません。私のこうした真の教育に掛ける並々ならぬ情熱もさすがに限界に近い感がし始めております。ビジネスとは言え、精神はボランティアゆえ、こうご理解・ご協力・ご支援が得られなくては情熱も失せようというものです。

もし、当地区がここで当塾を失うことになれば、口はばったいことを言う様ですが、私は地域としての損失だと思います。と言いますのは、私塾に求めるものには、大きなことだけ数えて、二つあると思いますが、一つが「ジャスト・フィットの知育」であり、もう一つが「心の教育」(=全人教育)だと思います。前者は私共だけでなく、一流の塾ならどこさんででも求められます。然し、後者は……後者こそは、少なく共、当地区では私共だけでしか求め得ません。それだけ私共はユニークであり、貴重なのです(尤も、それとて考え方一つでしょうが……)。然も、今最も求められているのは、この後者……「心の教育」ではないのでしょうか? 私共の総べてを文章化したチラシ(63~70頁参照)を再度同封しますので、もう一度ご精読下さい。こんな塾が福岡で一つでもありましょうか？

経済的且つ精神的苦境にある私をして、もう一頑張りさせるかどうかは、塾生並びに塾生のご両親の方々のご理解・ご協力・ご支援如何に掛かっております。事ここに至り、無躾乍ら、真情を吐露させて頂きました。少々激越になりましたがご容赦下さい。

敬具

前略御免下さい。さて、早速ですが、前便にて当塾の現状をお伝えし、現在地に於ける、現在規模での経営続行は断念せざるを得ないこと（6月末閉鎖）、そして場所を替え、規模を縮小してでも経営を続行するかしないかは、塾生及びご両親のご理解・ご協力・ご支援如何に掛かっていると申し上げました。

その後、皆さんに当塾の教育方針並びに路線に対するご理解とご協力とご支援の程を打診して参りましたが、残念乍ら、ごく少数の方の、それも部分的ご理解を得るに留まりました（尤も、開塾以来この一年の経緯からすれば、驚くには当たりません。予想どおりの結果でした）。

然し、このヒアリング結果では、更なる費用と努力を要する、場所を替えての再挑戦等とても試みる気持ちにはなれません。従いまして、当塾は本年6月末を以って当エリアでの営業を停止する、つまり、閉塾とさせて頂くこととしました。悪しからずご諒承下さい。

今回のヒアリングを通じて、私と皆様方の間には、「教育観」に於いて大きなズレが……それも想像以上の大きなズレがあったことが改めて確認できましたが、それはともかく、私の望んだ形ではなかったにせよ、皆様方なりに当塾を可愛がって頂きましたことに対しましては、閉塾に当たり、心より感謝申し上げます。有難うございました。

会社勤めを終えたら、自分自身の楽しみに生きるのは後回しにして、まずは日本の次代を担う若者達の為に一肌脱ごう、そう決意したのは、何回目かの渡米の途中、期待に胸を膨らませた米国への留学生諸兄の多くが感動をもって眺めたと言われる、カナダの霊峰・マッキンレー（朝日に映え、紫色に輝いていましたが）、私自身もいつに変わらぬ感動をもって（飛行機の窓から）眼下に見下ろし乍ら、南下した時だったと記憶します。

約30年間の会社生活を通じて、21世紀の日本人は20世紀の日本人のままであってはならない。つまり20世紀の日本人の様に、視野狭く、自分のことばかり考える自己中心的な日本人であってはならないと痛感し、お預りした子供さん達に対しては、受験勉強だけに留まらない視野の広い、スケールの大きい教育をと思って事に当たりましたが、残念乍ら、塾生からもご両親からも、殆どと言っていい程ご理解・ご協力・ご支援を賜りませんでした。

　残念と言って、これ程残念なことはありません。当地での一年余の努力は全く報われない努力……徒労に終始しました。

　然し、にも拘わらず、今本当に必要な教育は、私の様な純粋な動機から出、スケール大きく且つ受験勉強だけに偏《かたよ》らないバランスのとれた教育の筈です。この認識だけは今回の失敗はあろうとも、びくとも致しておりません。

　昨今、学校で起こる不祥事も、中央省庁で起こる不祥事も総べて日本の教育が至らないからです。ここで言う教育とは、学校教育だけを意味しません。家庭教育、塾の教育総べてを含む教育が至らないからです。偏差値Ｎｏ・１の東大・法学部卒で固められる大蔵省の不祥事程、日本の教育の弱点を証明するものはありません。私の主張は決して間違っていないと思っています。所を得れば、人も得られる……支持者はきっとおられると信じております。

これしきのことで、諦めはしません。一ヶ所だけで福岡全体を判断しては、福岡に対しても失礼というものかも知れません。暫し充電して、場所を替えて、再度挑戦する積りです。

一年余の短い期間でしたが、その間のご交誼に感謝申し上げ、筆を擱《お》かせて頂きます。

怱々。

かくして、福岡における私の最初の塾は、一年半という短い期間の割には忘れ難い数多くの出来事を私にプレゼントして消滅したのであるが、実際は、建物の契約上、この後三ヶ月間余命を保って、'98年6月末その早過ぎる幕を閉じたのである。

私の早い決断が……この一年間の実情を凝視した上で下した自信の決断ではあったものの、さすがに早過ぎたのでは？　との疑念もなくはなかったが、その後の推移は、予想に違わず全く正しかったことを裏付けるものであった。

閉塾を決意した後の三ヶ月間、一人の生徒の増加もなく、又以前からの在塾生も全く生気なく閉塾の時を迎えた。これでは三年やっても、否五年やっても、それどころか10年やっても、評価されることも……ということは、繁盛することも、そして何よりも自らがやり甲斐を感ずることもなかったであろう。理論的にこれ以短はない最短期間での閉塾であったが、良くぞ一年間という短期間にここの特性を見抜き、且つ事務所にしても、教室にしても、些《いささ》かもケチらず投資して立派に仕上げていたので、少しでも永くやりたいと思うのが人情乍ら、良くぞ最短期間で思い切ったと我乍ら思う。早々と閉めることにしたこと自体は大正解であった。

尤も、その後事務所、教室の原状回復工事に立ち合ったが、一年半前、短く共10年、長ければ20年使う積りで、凝りに凝って作り込んだものだっただけに、身を削られる思いであった。

その時の建物を壊すガーンガーンという槌の音が、私の心の悲鳴であったかのように、今も私の耳奥に残っている。鮮血淋璃《せんけつりんり》たる最期《さいご》であった。

思い返してみるに、今回の失敗の原因は、塾の立地した場所《エリア》が余りに悪過ぎた、この一言に尽きると思っている。私の教育理念なり、具体策なりは決して間違っていなかったどころか、所によってはと言うか、階層によっては今最も求められているものとの確信は、この失敗にも拘わらず微動だにしなかった。暫く充電して、場所を変え（今回の反省に鑑み、今度やる時は福岡きってのハイ・ソサエティで）トライしようと思った次第である。

というのは、当塾の二大特長（「ハイレベル実用学科教育」と「人間性（教養）教育」）のうちの、前者はどこでも可能であろうが、後者を追及するにはロウ・ソサエティは不向きであって、それの必要性を痛感しているであろう良識ある両親の多く住む街、つまりハイ・ソサエティに立脚しなければ、塾の拠って立つ足場がまずもって築けないと考えたからである。

第七章　第一ラウンド全体の反省と第二ラウンドの計画立案

今回の試みは第一ラウンド（福岡南部立地）にしろ、第二ラウンド（福岡北部立地）にしろ、断じて金儲け目的ではなく、言わば、ボランティア精神に拠る世直し活動である。いくらお金が儲かっても社会的存在意義の少ない事業は私にとっては全く論外なのである。先に述べたとおり、食べる手立ては他にすでに立ててある。これからはひたすら社会のお役に立つことをしてこそ意味があると考えるのである。その点をまずもって明言した上で論述を先に進めることとする。

第一ラウンド計画における「前提条件」は次のとおりであった。

私共の塾の二大特長たる①「レベル高い実用学科教育」と②「巾広い人間性・教養教育」のうち、②の色合いは極力抑え最低限度に留めて、その分普遍性を持たせ、もって生徒数をできるだけ多く獲得し、数的に活動の影響力を二案中最大たらしめようとしたものであった。

従って、器たる事務所・教室も比較的大きく、数も多くなった訳である。ために、初期投資も、維持費も高額についた訳である。

結果はすでに述べたとおり、私の最もやりたかったこと乍ら、世間一般には人気は高くなかろうと思われた②は最低限に留めていたにも拘わらず、そういう意味では、剣は法衣の下に隠していた、本音はまだぶっつけていなかったにも拘わらず、数的にペイラインを越えず、初期投資はともかく維持費の高さが塾そのものの継続を許さなくなった訳である。その上、多少でも②を望む声があるなら、場所を替え規模を縮小してでも、同エリア内で再度頑張ることもありうべしとの期待を抱いて取り組んだ塾生並びにその両親との個別面談に於いても、前述のとおり、落胆甚だしい結果でこのエリアでは万事休した訳である。

以上の第一ラウンドの分析に基づき、前述の特長②を評価してくれるエリアは、やはりと言うか当然と言うか、ハイ・ソサエティしかない、ならば今度やるなら、つまり第二ラウンドはそのエリアに入らなければ総べては始まらないと、福岡きってのハイ・レベル地・数ヵ所を選出し、現地踏査結果並びに諸データを総合的に勘案して、北部のN地区を最適地として最終選定した次第である。

第一ラウンドでは①と②を当塾の二大特長とし乍らも、場所柄を配慮してPR的には①中心としたし、実質的にも②はあまり強力には押し出さなかった。従って、私としては、何とも中途半端な感を免れなかったのである。第二ラウンドでは、今度こそ②も評価してもらえそうな最適地を選んだ訳であるから、PR的にも実質的にも、①②イーブンな塾運営を基本方針とした。より理想の運営形態に近づいた訳である。

それではつぎに、第二ラウンドの塾の全貌をPR用パンフより転載してご紹介しよう。

第四章でご紹介した第一ラウンド時に比べ、特長②の色合いが一層濃くなり、真に特長①②のバランスがとれ、均衡のとれた形で運営される様になったこと、又具体策も一層バラエティに富んで来たことに気づかれるであろう。

ここで、ついでゆえ併せご紹介するのだが、私共の子供向け学習塾が世間一般の枠を越えて「教養・人間性教育」まで対象としたのと同じ精神で、子供達の「情操」の健全な伸長を祈念して、第二の事業として〝音楽教室〟をスタート時点より併設し、今日に至っているが、これも場所は変わってもそのまま引き継いで行く。

又、私共の活動の中心（コア部分）は飽くまで子供向けだが、サブ的活動として、折角立派な施設を持っているのに、平日の昼間及び土曜・日曜は空いている為これを利用して、いわば子供向けの学習塾に於ける「教養講座」の大人版としての〝教養、文化教室〟及び子供向けの「音楽教室」の大人版としての〝クラシック音楽愛好会〟を「学習塾」、「音楽教室」には少々遅れてスタートさせたが、これらも場所は変わってもそのまま引き継いで行く。（この後者・シニア向け―活動は生涯教育活動の一環という意味合いもある）

尚、それぞれの詳細については、巻末の参考資料―1～8を参照されたい。

《第二ラウンド具体案》

"夢大きく、心豊かに"

一　キャッチ・フレーズ

二　理　念

下の写真は、知る人ぞ知る明治維新の立役者、高杉晋作、久坂玄瑞、井上馨、山県有朋、伊藤博文等、錚々《そうそう》たる人材を輩出した幕末の長州（現在の山口県）の私塾「松下村塾」です。

当時の日本には、この松下村塾だけではなく、数多くの私塾が日本各地に存在しました。

そして、そういった私塾から数多くの憂国の士、並びに日本近代化の志士が育っていきました。

当塾は、理念的には江戸時代のそういった「私塾」の系譜につながる塾を志向していま す。当塾は、学業成績の伸長と志望校合格だけを目指す、予備校的な狭い視野の現代の塾の大勢とは、はっきり申し上げて次元（理念）を異とします。

尤も、受験生のご両親にとっては、右記二目的も当面の最大関心事でしょうから、これはこれで他塾同様に追求しますが、当塾の教育はそれらの追求だけに留まるものではありません。

江戸時代の私塾が邪念なく、ひたすら理想を追ったのにならい、当塾も事情の許す限り、多角的・多面的に理想を追います。

三　具体的内容

1　志が違う

～目指す『教育のレベル』が違う～

国は、〝ゆとりある学習〟（新学力観）と称して、義務教育課程の知識教育の巾を狭め、レベルもひたすら下げてきております。来る二〇〇二年の改革では一層巾を狭め、レベルを下げる方針のようです。然し、〝ゆとり〟はある程度基礎の出来た高校や大学教育にこそ必要なものであり、基礎教育期間の小・中学教育には最初からゆとりなど必要でしょうか？　まさに日本の文部当局が言う〝ゆとりある学習〟の下で個性・創造性を志向した欧米諸国があまりの基礎学力の低下に驚き、逆に基礎学力の向上に力を入れ始めたことが、危惧の念を一層かき立てます。

将来の日本の根幹をなす教育がこういうことでは国を誤る……21世紀の日本は衰退の一途をたどるのではないかと憂慮されます。国の方針でよいのだとお考えのご両親もおられる一方で、これでは駄目だとお考えのご両親も又多いことと思います。当塾は後者のお考えの方々の為の私塾なのだと、まず持って旗幟《きし》を鮮明にさせていただきます。

〈レベル高い教育を志向して〉

公立中学校にお通いの中学生をお持ちのご両親にお尋ねします。修猷館或いは筑紫丘高校に受かりさえすれば良いのですか？　確かにまずは両校に受かれば万々歳でしょう。然し、国公立・私立を問わず、一流の大学に行こうと思えば、いかに両校と言えど、上位にいなければ駄目なことをご存じでしょうか？　そして、上位につけるためには中学の時から高校受験対策だけでなく、高校入学後のことも配慮した、一歩先を見た勉強をしておかなければ、とても無理な話です（小学生でも全く同様のことが言えます）。それをかなえるのが「当塾」です。当塾は単に学校の成績を上げ、志望校に合格させるという……それはそれで当面の最重要事ですから、他塾同様、否他塾以上に総力を挙げて取り組みますが……そういう近視眼的な取り組みだけに留めることはしません。高校入学が最終の目標なら、繰り返しますが、それだけが目標ならそれだけに留め、それだけに集中します。

然し、現代では高校入学は当面の目標であって、殆どの人が大学に進学されますね。その場合、高校入学後においても、更には大学入学後においても、延《ひ》いては社会人になってからでも、たえずトップ10%或いは20%と言うエリートになるためのバーが存在します。それをクリアするためには、（一歩も二歩も先を見る必要はありませんが）少なくとも一歩先を見据えた勉強が必要です。当塾では余り極端にならない範囲内で高校入学後のことも配慮した教育・指導を行っています。

〈巾広い教育を志向して〉

更に、当塾の教育はそれだけに留まらないのです。最近の新聞紙上を賑わせている収賄・詐欺事件の主人公達は、揃いも揃って日本きっての難関：東大・法学部卒の秀才達ばかりですね。但し、秀才とは言え、学業成績だけの秀才達ばかりです。教養浅く、品性低き、いびつな秀才達ばかりです。もし、彼等が東大の秀才にふさわしい高い教養の持ち主であったとしたら、あの様な事件は惹き起こしていないでしょう。

何となれば、彼等に真の教養があったなら、事にあたって、バランスのとれた良識的な判断が出来た筈ですから。教養がいかに大事かを痛感させた一連の事件でした。然し、そうした真の教養は現在の偏差値偏重教育からは決して得られるものではありません。別のメニュー（教養教育）が必要です。そして、教養教育など大学でしたら良いんだなどと言う人がいますが、大学だけで、然も突如としてやっても大して効果はありません。大学の一般教養課程廃止論が今日喧《かまびす》しいのは、そういうやり方のつけが廻って来ているのです。

高校でも、中学でも、小学校でも、大学に於ける教養教育の助走としての、相応の教養教育がいるのです。それらがあって初めて大学の教養教育も生きるのです。当塾では、そういう観点から、こちらは二歩も三歩も先を見た、然し子供達にふさわしい易しい教養教育を厳選して月一回それも無料で実施しています。

2　教師が違う

～キレがあって、コクがある～

塾に通っているのに、家庭教師にきてもらっているのに、成果が出ない、学校の成績が上がらない。その上、最近態度が何となく変わってきた、性格も何となくトゲトゲしくなって来た様な気がする。……そんな不安や・悩みを抱いておられませんか？　それには、原因があるのです。大手塾、個人塾を問わず、いかに名のある塾といえども、多人数ではとても一人ひとりには目が届きません。一方、家庭教師は一対一ですから、目が行き届く反面、馴れ合いになり易く、長期になればなるほど、効果が減退する傾向があります。

その点、当塾の少人数制グループ指導方式（12名MAX）は、我田引水ではなく、誰が考えても双方の利点（きめ細かい指導と競争心の持続）を併せ持つ、ほぼ理想的な規模・指導方式と言えます。（どうしても、個別指導方式の方が良い、或いは、それでなければという事情のある方には、今年から当塾も個別指導も併設しましたのでどうぞ！）

規模・指導方式が優れていることは分かった。然し、塾の善し悪しはそれだけでは決まらないだろうというご指摘が聞こえてきそうです。そのとうりです。塾頭を始めとする教師陣の力量とシステムが優れていなければ何にもなりません。然し、ご安心下さい。他所で多年に亘る塾指導の経験のある実力派教師陣がそれらを通じて構築した、ベストと思うシステムで指導に当たります。

ハード面だけではなく、ソフト面でも万全です（指導方式もグループ方式と個別方式の併用と、これ又、双方の利点を抱き合わせています）。ラサール、久留米付設受験ならともかく、県立高校や市内有名私立高校受験なら（たとえ、それが修猷館高校や西南学院高校クラスでも）特別な対策は不要です。当塾の勉強で充分です。安心してお任せ下さい。

加えて、当塾は受験だけをターゲットとする狭い範囲の知識教育だけでなく、一歩先を見た知識教育、更には一層先を見た、いわば二歩、三歩先を見た「全人教育」（＝人間性・教養教育）までカバーすることを一大特徴と致しております。然も、その「全人教育」（月一回）は授業料の対象とは致しておりません。その為に、塾頭を始めとする教師陣は主要五教科（英、数、国、理、社）の力量のみならず、教養面においても、人格面においても、塾業界では例を見ない充実ぶりです。塾の先生の判定は間違ってもプロかアマかでなさらないでください。

プロでも駄目は駄目、アマでも優秀は優秀です。いじけ、ねじけたプロよりは純真にして熱意あふれるアマの方が余程良い場合があるものです。要は人物次第です。

当塾はプロ、アマにかかわらず人物本位で優れた人材を選りすぐっています。小、中、高とりわけ小学、中学時代は先生の影響を受け易い時期です。塾と家庭教師とを問わず、先生次第で良くも悪くもなります。総合的に優れた先生方に引っ張られる当塾の塾生は、人としての器が知識面でも、人間性の面でも、先で違ってくること請け合いです。

3　塾環境が違う

～こだわりの私塾～

塾と言えば、玄関の扉から壁、窓に至るまで卒業生の合格学校別氏名一覧や宣伝・広告文がところ狭しと並んでいるのが通例ではないでしょうか？　それらはどう見ても勉強する場所として好ましい雰囲気ではなく、美的でもありません。それにひきかえ、当塾はいかにも勉強する場所にふさわしく、教室のレイ・アウトから色調・遮音に至るまで十二分に考え抜かれています。内装は明るいイメージを出す為、オフ・カラー色で統一していますし、教机・長机・椅子等も普通塾では使わない最上級品を使っています。

そして、休憩時間にはソフィスティケイティッドな塾にふさわしく、備え付けのソニー（SONY）のモニター・テレビに美しいヨーロッパの風景のビデオ映像が写り、天井のボーズ（BOSE）のスピーカーからはクラシック音楽がソフトに流れます。勉強で疲れた生徒さんの頭脳を些《いささ》かでも回復させて上げたいとの配慮からです。これが塾かと見紛う程の雰囲気です。その所為《せい》か、今のところ女の生徒さんが多いのが特徴です。百聞は一見に如かずと申します。一度見学にいらして見てください。（体験入塾：毎週土曜19：30～）

また、お子さんの勉学に役立つ様、ジュニア用のビデオ、図書の充実化も鋭意推進中です。

保有図書、ビデオの一部を紹介しますと、左表のとおりです。

図　書	ビデオ
1　岩波ジュニア新書	1　地球大紀行（シリーズ）
2　〃　少年少女文学選書	2　生きものたちの挑戦（シリーズ）
3　講談社日本文学全集	3　未来への遺産（シリーズ）
4　〃　世界文学全集	4　アニメ文学館（シリーズ）
5　〃　伝記全集	5　アニメ歴史シリーズ

子供たちとの対話　～その一～

ここで、突然ながら、三年間に亘《わた》る子供たちとの対話の中で最も印象深かったものの一つを挿入する。

（今後、時折同様のことを繰り返させて頂きますので、ご記憶下さい）

第二ラウンド第一回目の教養講座の題材に映画「オリバー」を選んだ時のことである（巻末資料―9参照）。観賞後、ジュースを飲み、ケーキを頬張り乍ら〝今日の映画の中で、一番印象深かったところはどこだい？〟と一人ひとり感想を聞いたところ、意外にもませたことを言う女の子（中一）がいた。

この映画をご覧になった方はご記憶のことと思うが、大詰め近くで、ファギンという、主人公・オリバーも属したスリ団の親方と子分中一番の腕利きドジャーとが、画面一杯にクローズアップされ、二人とももう足を洗わねばならない情況にも拘わらず、ドジャーがまたぞろドサクサに紛れて、得意の腕にものを言わせて上物をスッてきたのを見て、ファギンが〝人は今さら変われるだろうか？〟と意味慎重なことを言いながら、肩を抱き合って消えて行くシーンがある。

その女の子は何とこの場面が一番印象深かったと言うのである。筋だけご紹介すれば、とんでもないことだと思われる方もあるかも知れないが、映画の流れの中では確かに情感（ペーソス）溢れる場面であり、私も最も印象深い場面の一つに挙げていた。

しかしながら、大人でもかなり物事をえぐって見られる人であり、かつまたかなり感受性鋭い人でないと看過ごしがちな場面を、中一の女の子が感激したと言ったのには、私も心底驚いた。

その女の子は、全般的にはいわゆる〝おくて〟と思われたのだが、小さい頃からクラシックバレーに夢中で、最近では一年に一回の発表会に向けて大作をこなしているので、その影響でこういった方面には年の割にませているのかなあと思うと同時に、中一の女の子でも、大人と同等・同様ではないにしろ、このような場面に感動する心をすでに持っていることに私自身いたく感じ入った次第である。

ついでながら、今日みんなに見せた映画はオリジナル編約一五〇分のところをみんな用に特別に塾頭が約九〇分に短縮（カット）して見せたんだよと口を滑らせたもんだから、件《くだん》の女の子は〝それじゃ今度はカットなしのビデオをレンタル・ビデオ屋さんで借りて来て見よう〟というほどの惚れ込み様であった。

第八章　母の死

'98年6月末、第一ラウンドの幕を完全におろし、慌ただしく第二ラウンドの幕を上げた途端、最初の何とも不条理な出来事が私を襲った。母の死である。

母は九〇歳の大台を越えてからは、これと言って大病はしなかったものの、さすがに体力的にめっきり弱り、関西在住の前々年末にはまさに黄泉路《よみじ》の入り口まで行ったのだが、「生」への執念で蘇り、当地・福岡に来てからは、気候の良さと食べ物の良さに助けられて見違える程の回復振りを示し、前年10月からは近くの老人医療施設にてリハビリを続け、一層の回復を遂げていた（来たるべきお盆までには当施設を退院して自宅に帰る予定であった）のだが、当年の早い梅雨明けに伴う、早い猛暑の訪れの影響もあったのか、7月3日に体調を崩し五日間闘った7月8日の夜遅く、今度こそ本当に黄泉《よみ》の国に旅立ったのであった。

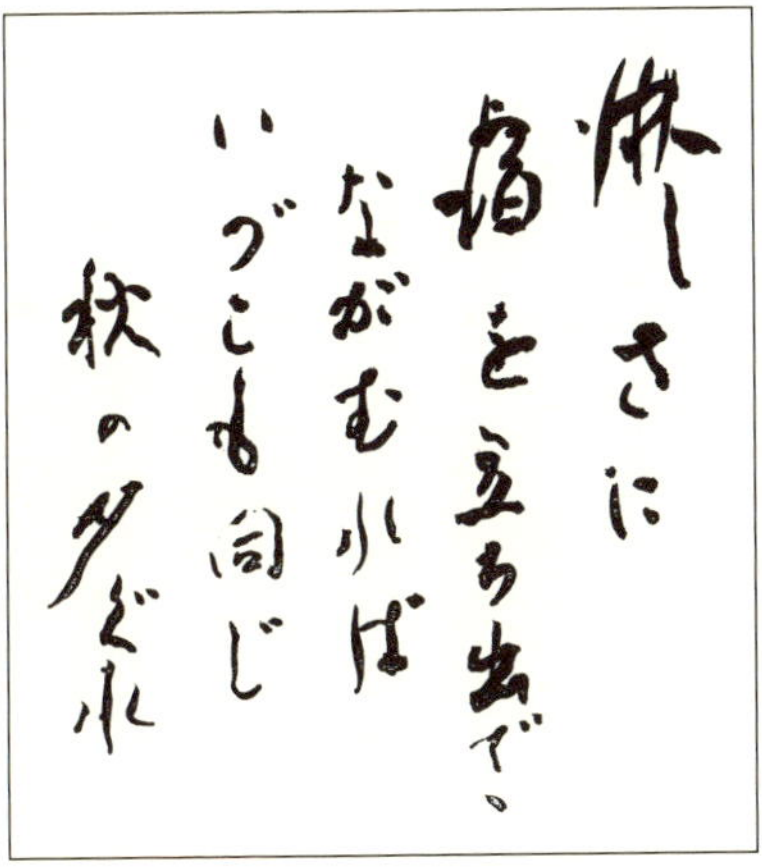

享年九七歳。死因は心不全に伴う肺水腫だった。当夜は、この時期にしては例年になく晴れ渡った、星の美しい、静かな夜だった。母の最期も死因が死因ゆえ少々息苦しがっていたが死の直前まで意識ははっきりしており、死顔も、その夜の夜空の如く、穏やかそのものであった。

施設入院中、年齢の割には元気だったことを物語る、母の手になる〝書〟が数枚残されていた。母が亡くなって施設を引き払う際、施設の人から手渡されたものだが、年齢の割には上手だというのでおだてられて書いたものであろう。署名の後に九七歳という年齢が括弧書きしてあるものもあった。そのうち、施設の壁に貼り出されていたものが前頁のものである。

それにしても、ターミナル・ケアに悔いを残す者には些《いささ》かショッキングな歌を選んだものである。本人は何もそう深刻な心境でこの歌を選んだ訳ではないのだろうが……残された親族には、ハットする歌ではある。

母の死後、間もなくの、私の千々に乱れた心境を良く伝える、福岡在知人（東京育ち）宛の手紙の控えが手元に残っていたので、つぎにご紹介することにしよう。

残暑お見舞い申し上げます。

暦の上では立秋も過ぎましたが、まだまだ暑い日が続いています。お変わりございませんでしょうか？

さて、母が亡くなって早や一ヶ月余が経ちました。亡くなる前、直近の半年間はリハビリの為の入院ながら、老人福祉施設に入院しておりましたので、「フリカケが無くなったから、持って来て」とか「ティッシュ・ペーパーが無くなったから、持って来て」とかという督促の電話が今にも架かって来る様な錯覚に未だ襲われております。

顧みますに、満九七歳での逝去ゆえ、世間で言う〝大往生〟で、私としても年齢に不足はなく、むしろ大満足ですし、私の親孝行実践度も自己採点乍ら、九〇～九五点はつけられると思っているのですが、世間体はともかく私の内的反省としましては、亡くなる前直前の福岡での一年半が何とも悔いの残る期間となってしまったことが悔やまれてなりません。と申しますのは、関西在住の最後の時期に三途《さんず》の川を渡りかけましたので、最悪こうなることも予想できたのですが、母のターミナル・ケアを慮るの余り、私のシルバー・ライフのスタートの時機を誤ってはと思い、(勿論、母の了解を得て)思い切って今回の試みに着手しました。不幸にして、不安は的中し、その闘いの最中《さなか》に母の死に見舞われましたので、お察しの通り十分なケアは出来ずじまいで、痛恨の極みとも言うべき悔いを残す結果となってしまいました。

それも、事業の方が順調に推移しているのであれば、母の死も無駄ではなかったということになるのですが、残念なことにそうなっておらず、どう見てもこの一年は収穫のない、無駄な期間となってしまっただけに、二重に悔やまれてなりません。「他者への愛」を旗印に戦いを開始し乍ら、収穫のない徒労な一年余を過ごす結果となり、今年からは福岡のほぼ中央部にして、ハイソサエティたる〝N地区〟に転じて福岡最後の挑戦の積りで再挑戦しておりますものの、もう大丈夫との確信を得るには程遠い状況で推移しており、鍋底を這っていることに変わりはありません。「他者への愛」に生きようとして、皮肉にも一番大事な、一番恩義のある人への愛を怠ったという自責の念にこの一ヵ月強くかられ続けております。不条理なことの多い当世ですが、何という不条理かと思われてなりません。

こういうことのあった後、猶〝他者への愛〟への挑戦を続けるべきなのかどうか、それも勝利への確信のない……確信がないどころか、殆ど勝利の見込みのない挑戦を続けるべきなのかどうか大いに迷っております。そこそこに通じているのであればともかく、余り通じてもおらない状況下で、これ以上妻や義母や子供達への愛を減殺してまで、「他者への愛」に生きるべきなのかどうか、この一ヵ月余思い悩んでおります。

母の死は、余りに一途な、余りに純粋な「他者への愛」を希求して止まぬ、私・現代のドン・キ・ホーテに対する、最後の身を呈しての制止だったのではないかとさえ思い始めております。転じたところではありますが（そして、勿論、今後の成り行きにも因りますが）、来春あたり再度の方向転換もあり得るなとも考えたりしております。最早《もはや》、母の死は厳然たる現実ですし、その死を無駄にしない為にも、前進したいのはやまやまなのですが……

福岡（今後、本書で単に「福岡」という場合、「福岡県」の意ではなく、総べて「福岡市」の意）は最愛の人・母を失った地として終生忘れることのできない地となることと思いますが、その上に、余生を賭けた空しい戦いをし、その結果として30年かけて築き上げた人生哲学（愛の哲学）を根底から崩された地としても終生忘れることのできない地となるかも知れないなと思ったりもしています。

クラシック音楽愛好会・7月度例会の中で取り上げました、小椋　佳の唄〝木戸をあけて〃の次の二番の歌詞は私の今の心境に正にぴたりなのに驚いています。

許してくれるだろうか　僕の若い我が侭を
解ってくれるだろうか　僕の遙かなさまよいを
裏の木戸をあけて　いつか疲れ果てて
あなたの甘い胸元へ　きっと戻り着くだろう
僕の遠い憧れ　遠い旅の終わる時に
帰るその日までに　僕の胸の中に
語りきれない実りが　たとえあなたに見えなくとも
僕の遠い憧れ　遠い旅は捨てられない

母は今回の計画にも家族の中では一番早く賛成してくれましたが、〝僕の若い（若くはありませんが）我が侭を〃、そして〝僕の遙かなさまよいを〃本当に解ってくれて許してくれたのかどうか、今となっては知るよしもありませんが、うまくいかなかった場合、肉体的に一番弱い自分が一番被害を受けることになることも或る程度予見し乍らも、母なるがゆえに私の気持ちも知り尽くしていましたし、一旦言い出したら聞かない私の性格も知り尽くしていましたので、期待と不安の入り混じった気持ちで賛成してくれたものと思います（それだけに尚更不憫でなりません）。〃いつか（戦い敗れ）疲れ果てて〃重い足をひきずって、甘い胸元に戻ろうにも、その胸元はもうありません。

〃帰るその日までに、語りきれない実りがあるだろう〃と結ばれていますが、私の場合確かに実りはありましょうが、苦い実りばかりの様な気がします。

多い数ではありません。十人に一人、否百人に一人の（犬養さんの言う）同情⇩理解⇩支援を期待して、戦いを始めましたが、見事に裏切られ続けております（こんな控え目な数字で期待しすぎだったのでしょうか）。人間の行為の中で最も崇高なもの……それは〃愛に根ざす行為〃だとの想いは今も変わりありませんが、こう通じなくては自信も揺らぎますし、考えさせられもします。

これが福岡の現実かと思うと暗然とした気持ちにさせられます。この一年半〃まずは何は置いても事業を成功させなきゃ〃という気持ちで一杯で総べてを犠牲にして頑張って来ましたが、正にその最中《さなか》に最愛の人・母を失い、反対に得たものは（確固たるものは）何もないという現実を目の前にして、「これ以上、身内に犠牲を強いてはいけない」「身内への愛を減殺してはいけない」と、母が自らの死を以って抗議している様に思えてなりません。少なくとも、母の死を契機にして、事業はもう失敗しても止むを得ない、「身内への愛」と「他者への愛」とは大雑把に言って、五〇：五〇バランスをとって進めようと思うに至っております。

然し、万一、事業をたたむことになれば、折角永住の地の積りで家族共々引っ越して来た地ではありますが、再び福岡を離れることになると思います。福岡だけではないにせよ、これだけ（何の義理もない）福岡を、また福岡の人々を愛そうとしたにも拘わらず、受け入れてもらえないとなれば、私の感情は許しても、私の理性が福岡に留まることを許さないと思います。私が塾を閉める時……それは私が福岡を離れる時を意味します（現実に即福岡を離れなく共、心は即福岡を離れることと思います）。

ややぐちっぽくなりましたが、現在の心境（の一部）を吐露させて頂きました。ぐちる年来の親しい友人も一人として居ない地・異郷に居る身なれば、ご寛容の程を。それでは、まだまだ残暑厳しい折柄、ご自愛専一に！

敬具

（'98年8月）

子供たちとの対話　～その二～

第二ラウンド六回目（'98年12月度）の教養講座として、宮崎駿監督作アニメ映画「耳をすませば」を取り上げた時のことである。子供たちに人気の宮崎駿監督の作というので、出席者全員興味津々《しんしん》の体《てい》で見始めた。ところが、ある男の子（小5）一人だけは間もなく焦《じ》れ始めた。そのうち、とうとう机の上につっぷし始めた。以後最後まで、余り興のりしない体《てい》で、見たりつっぷしたりの繰り返しであった。見終わった後、いつものとおり、歓談に移るやその男の子が口火を切った。

〝宮崎駿監督のアニメ映画だと言うから、楽しみにして来たのに、全然面白くないじゃないか？　なんでこんな面白くない映画を選んだの？〟と来た。

〝「もののけ姫」や「風の谷のナウシカ」のような活劇物ではないから、君のような小さな男の子には面白くないかもしれないが、君たちぐらいの子供たちにはそれらより今日の映画の方が今後よっぽど為になるはずだよ〟〝どういうところが為になるかと言うと、異性間の恋愛問題や進路問題は今の君にはいかにも早過ぎるけれども、本当の友達の有り難さ、人の生き方にもいろいろあること、良い家族とはどんな家族のことなのか等々もう少しすれば、役に立つことがいっぱいあったはずだよ〃と私が説明してやると、彼は良く分からんけど、そうかなあといった半信半疑の面持ちでだまった。

　この男の子はその後福岡有数のミッション・スクールの中学部に入ったのだが、そのことからも分かるとおり、頭の良い子でいわゆる勉強も良く出来たし、やんちゃではあるが、素直な可愛いところのある子なのだが、残念なことに情操面に難点があると私はつねづね思っていた。従って、両親にも手紙を書いて（巻末資料―10参照）、当教養講座に出来るだけ多く出席するよう促していたのだが、残念ながら、仲々出席率は上がらなかった。

　然し、何かと言えば私に叱られ、先の手紙のような小言を聞かされながらも、私が、彼が憎くて叱ったり、小言を言ったりしているのではないことは、さすがに分かっていたとみえて（事実、私は彼を愛していた。愛していたからこそ、厳しく当たったのである）、最後まで私の塾へ通って来た。

　最後に、この子の可愛かったところを一つご紹介する。

　我が塾では、二ヵ月に一回業者テストを受験することになっていた。この子も毎回キチッと受けていた。成績は決して悪くはなかった（総合で一万人中一、〇〇〇番をちょっと切った辺りだった）のだが、この子の実力からすれば、一学科位一〇〇番が切れて当然と私は思っていた。

そんな中、或る時この子が他の塾生に自分の成績を自慢しているのを小耳にはさんだ私は、〝こら！　その位の成績で自慢する奴があるか。一つ位一〇〇番を切ってから自慢しろ〟とけし掛けてやったところ、〝よ～し、言ったな。そんなら切ってやる。本当に一〇〇番を切ったら褒美にポンタンアメを頂戴よ〟ときた。〝うん、いいよ〟と答えておいたところ、つぎのテストで本当に得意の算数で一〇〇番を切った。早速私は約束のポンタンアメを一箱買っておいて、彼が塾に現れた時〝ほら、よく頑張った。約束のポンタンアメだよ〟と言って手渡すと、〝こんなに沢山要らないよ。アメ1個でいいよ〟と遠慮するのだ。〝いいよ、いいよ、一箱あげるよ〟と押しつけたが、厚かましい彼にも、こんな一面があるのかと見直した次第である。

第九章　第二ラウンド・初年度総括と二年度スタート

第二ラウンド初年度しょっぱなに全く予期せぬ出来事：母の死に遭遇し、心中大いに動揺したが、漕ぎ出したところだし、何があろう共初年度だけは最後まで全うすべしと自らに言い聞かせ乍ら頑張ったところ、スタートのつまづきはあったもののその後は順調に推移し、無事初年度のゴールに到達した。

入試戦績も第一ラウンドで果たせなかった福岡県立御三家校の一つたる「修猷館高校」と私立名門校：西南学院高校にも合格させ、場所は異なるも前年度に引き続き当年度（'98年度）も公私立共に一〇〇％合格を達成した。又、3月下旬には当年度も某レストランで合格祝賀会を催し、お決まりの合格祝賀小プレゼント：田代三良著「高校生になったら」（岩波ジュニア新書）を進呈した。そして、特筆すべきは第一ラウンドではあれだけ通用しなかった教養講座が（予想どおり）ここの子供達にはかなりの高率（約60％）で通じたことである（親御さん達の評価は依然として余り高くないことが残念だったが……）。

初年度を（初年度の割には）見事に全うしたことにより、前年年央の母の死による迷いも吹き飛び、母の死は厳然たる過去の事実。その死を悼み、ケア不足を嘆いて見てももうどうにもならないこと。その死を無駄にしない為にも、仕掛けたこの事業を何としても成功させるべしと思うに至った。現状には不満もあるし、先行きにも不安を感じているが、繰り返すが、母の死を無駄にしない為にも、第二ラウンド・二年度の開始に当たり、最も大事な新年度冒頭の新入塾生獲得に全力を賭そうと決意を固めた次第である。The higher, the more, the better!（新入塾生のレベルは高ければ高いほど、数は多ければ多いほど良いと！）

そういう意識のもと、総力を挙げて総べてテーマの異なる合計8枚のチラシを自ら草案し（これを一つに纏めたものが92頁から100頁までの総合パンフ）、1月中旬より一週間置きにポスティングを実施した。当期これ程の内容のものを八枚も撒いた塾は、大手塾と個人塾を問わず、唯の一つもなかった（私の密かに自負するところである）。

又、1月中旬と3月中旬には塾生両親にも集まって頂き、勝負の年・二年度の格別の協力をお願いした。（使用資料：巻末資料―12参照）

然し、残念乍ら、その自慢のPRにも拘わらず、又塾生並びにその両親のツテ・コネも総動員した勧誘にも拘わらず、新入塾生は取れたには取れたが（2月は比較的出足好調だったが、3月以降伸びはパタッと止まり）、最低限に留まってしまった。新学年スタート時点に於ける塾生総数は、目標値：30名に対し、約半分の15名だった。15名と言えばさほど少ないという実感はわかないであろう。然し、学年別に見れば、一学年平均3名である。淋しい数字である。合計15名という数字は奇しくも第一ラウンド、二年度冒頭の数字と同じである。尤も、経営的にはこの数字でも耐えられる様、第一ラウンドの器（建物）に比べれば安価な器（建物）を選んでいたので、第一ラウンドと異なり経営的に危機はないが、期中（通常余り期待出来ないが）夏講時及び二学期開始時などに於いて、余程の増員がなければ、やり甲斐という観点から先行き不安を思わせた。

というのは、折ある度に述べている様に、私のこの事業に懸ける期待は「世直し」であり、その為には市場の少なく共一割は獲得しなければ意味がないと思うのである（ランチェスター理論準拠）。見方によっては強欲・傲岸《ごうがん》不遜《ふそん》に映るかもしれないが、ごく一握りの子供達相手に、自己満足的に教えて見ても大して意味はないと思うのである。それも、理知的にトップレベルの子供達揃なら話は別だが……理想が高すぎると言われればそれまで乍ら、理想は飽くまで理想、そう簡単に譲る訳にはいかないのである。（ご記憶のことと思うが）動機が動機なのだから。

つまり、（すでに述べているので、繰り返しになるが）私自身一流企業の海外営業マンとして、営業の最前線で働いて来て、（森本哲郎氏、松山幸雄氏や木村尚三郎氏等といった国際ジャーナリストや識者が指摘されているとおり）今の片翼もげた様な日本人……つまり経済オンリー、営利オンリーの日本人では駄目だ。教養、人間性・徳性溢れた日本人を、小学校から大学に至る迄、それを意識した、用意周到にして緻密な配慮溢れる教育で以って育て上げなければ、そして又言い方を換えれば、現在一般的に「国際人」のパスポートの様に言われる「英語」だけは達者に話せるが、教養・人間性・徳性にはまるっきり欠ける日本人では、これからの国際社会では通用しないという危惧の念を抱いたことが動機なのだから。

もちろん、国際語たる「英語」も大事、「経済」・「お金儲け」も大事だが、「教養」・「人間性」・「徳性」も同様に、否それ以上に大事なのである。大会社を動かし、国を動かす様な「力ある人材」がそうならなければいけないのである。中位以下の子供達はどうでも良いというのではないが、二者択一で言えば、そして急務なのは、トップレベルの子供達だと思うのである。

そういう目で、我が塾を具《つぶさ》に眺めると、質・量いずれの点から見ても、充たされているとは言えず且つまた近い将来充たされる可能性も高いとは言えず、少なからず失望感に浸されるのである。然し、そうは言っても、ここではまだ始めて二年目ではないか、そんなに焦《あせ》らなく共という声が聞こえてくる。ご尤もである。然し、直接自ら塾生にもその両親にも接し、一般からの照会にも自ら対応している私には敏感に分かるのである。勢いが無さ過ぎるのである。熱が無さ過ぎるのである。

我が塾生の両親に限らず、世の親御さんに接して見て、（ほんの一握りの例外は除いて）今の公教育（特に義務教育）がなっていないという認識も、家庭教育がなっていないという認識も、まして私共と一緒になって（＝三位一体となって）子供達を、正しく・強く・清く育てていかなければいけないのだという意思もとんと感じられないのである。学業の基礎（＝コア部分）は学校に任せておけば良い。（上・下共に）不足前《たらずまえ》は塾に任せておけば良い。自分達は何もしないという考えの様に見えるのである。

それでは人づくりは一体誰がするというのであろうか？　それを不肖・私共とご両親とで手を繋《つな》いで手掛けて行こうと呼び掛けるのだが、反応がない。「ない」というのが言い過ぎなら、「鈍い」。遠い昔（私がかつて大学生時代後期から新入社員当時、塾を経営していた時）の事乍ら、加えて地域の違いもあるが（その塾が立地したのは関西・阪神間）、当時（昭和四〇年前後）は少なくともその位はあったのだが……今は、ここでは、それすらとんと感じられないのである。ここ足掛け三年の間に生起した、「理想」とはあまりにも乖離《かいり》した「現実」の数々が、走馬灯の如く私の脳裏を過《よぎ》って行った。

上述の様な現行教育（義務教育）の欠陥を熱っぽく語った、数々の一般向け説明会に於ける気乗りのしない、生気のないお父さん・お母さん方の顔、顔、顔（〝そんな理想論はどうでも良い。そんなことより目先の学校の試験・通知表の点を一点でも上げてくれ。志望校に入れてくれ〝という顔であった）。すでにご紹介済みの造反事件に駆落ち事件のこと、（最初の塾に於ける）或る教養講座でのことだが、えらく静かだなと思ったら（多くもない出席者）全員が眠っていたこと等々。

それらを目の前にした時の私の無念さ、空しさをご理解頂けましょうか。私が名画中の名画と評価して止まぬ、巨匠：D・リーン監督の「アラビアのロレンス」の中で、名優：P・オトール扮する主人公：T・H・ロレンスが当時の強大国：英仏二国間の権謀術策飛び交う中で、単騎己の信ずるところ、理想に邁進《まいしん》し、最終の目的地・ダマスカスを落とし、戦い（賭け）に勝利し乍ら、現実的且つ短期的欲望に駆られ、略奪の限りを尽くすアラビア兵の蛮行を前に呆然と立ちつくす〝ロレンス〟の姿が熱い共感をもって思い出された。何の為に一流企業を早期退職までしたのだ！　母のターミナル・ケアに目をつぶってまで頑張ったのは一体何の為だったのだ！

ここで再び不成績に終わった、期首塾生獲得戦線のことに話を戻すと、初年度の我が塾には、理念の秀逸性、具体策の充実振りをいかに誇ろうと、一つだけ決定的な欠落があった。レイト・カマー（後発）の哀しさ……当然のこと乍ら、実績がなかった。

然し、上述のとおり、県立ナンバー・ワン校にも、私立ナンバー・ワン校にも合格させたことによりその唯一の欠落も補完され、何一つ不足はなくなった筈である。だのに、この結果である。これで何が不満なのだ！　何がまだ足らないというのだ！

新学年度がスタートした直後の約一ヶ月間ぐらいは、日本公教育（義務教育）の二大欠陥たる「レベルの低さ」と「範囲の狭さ」を補完する、これ以上はないと思われるサービス提供（「レベル高い実用学科教育」と「教養、徳性、人間性教育」）を実現し、最も卑近なバロメーターたる入試戦でも立派な実績をあげているにも拘わらず、一向に評価が上がらない……端的に言えば、新規申込が増加しないもどかしさ、はがゆさ、悔しさに焦燥感を募らせ、失望感に浸された日々の連続であった。その間の雰囲気を良く伝える手紙の控えが二通手元に残っていたので、再々ながらつぎにご紹介することとしたい。

拝啓　お彼岸が過ぎたと思ったら、もう桜の花が咲き始めました。福岡の自宅から見えるF女学院構内の桜も三分咲きぐらいにはなっています。春本番間近を思わせます。

さて、折に触れ、洩らしております様に、最初の福岡入植地・M地区だけの結果で、福岡を断ずるのは（その地が福岡最低の地の一つだっただけに）、いかにも早計と思われた為、もう一ヵ所どこかトップ・レベルのところでと、N地区を選んだ訳ですが、現時点で評価してみますに、僅か一点（子供達の資質の良さ）

を除き、最低の地・M地区と大差ないことが、残念乍らはっきり見えて参りました。

従って、この年度代わりを機によっぽど又ぞろ閉塾し、福岡を引き払おうかと随分迷い、思い悩んだのですが、闇の中の一点の光明の様な（子供達の資質の良さ）を頼りにもう一年やって見ることにしました。やると決めたからには、三年掛けて市場の約一割と思われる五〇名規模にもって行く為の橋頭堡たる三〇名規模に何としても今年度中にもって行くことを目標に頑張ることとしました。

こう言えば、資質の良い子が居るんだったら、たとえ一割に達しなくとも、続けたら良いじゃないのという質問がとんで来る様に思います。ご尤もです。然し、いかに独創的だ、ユニークだと言ってみたところで、市場の一割にもみたない様では存在価値はないのです。市場占有率五％前後のサントリービールや富士重が存在価値のないのと同じことです（両社関係の皆さんには御免なさい）。

かてて加えて、私が何の人生目的も持たない、一介のしがない老人だったらそれに甘んじられるかもしれません。然し、強欲・傲慢と写るかも知れませんが、私はそんなに無欲、無目的ではありません。やりたいことは山ほどあるのです（一九頁参照）。

それらを抑えて、今の事業をしているのです。いかにM地区の子供よりましとは言え、合計一五名（クラス当たりで言えば三名）という少人数相手にそれらを犠牲にするのはいかにも勿体なく思われる様になって来ています。塾生数が今年度中に三〇名規模に達すれば善し。もし、そうでなければ（大幅に下回る様なら）、今度こそ福岡を諦め、大分の湯布院に引き籠もろうと思っています（今春四月から本気で終《つい》の住処《すみか》作りに着手する積りです）。

日頃の主張とは随分違うことは百も承知ですが、ここ数年かほどにも、善意というものに対する理解力なく、人情薄く、且つ意志薄弱な人達の中に生活しますと（総べての福岡市人がそうとは限らないとは思うものの）マクロ的にはもう福岡市人を信頼する気にはなれません（人間そのものへの不信感までには至っておりませんが……）。

恐らく、そうなるであろうと覚悟し乍らも、現実にそうなる時までは（閉塾することを決断する時までは）、全力投球を続ける積りでおります。

然し、四月からクラシック音楽愛好会で取り上げる「モーツアルト」がそうであった様に、大のモーツアルティアンの私も明るく、にこやかに、活動的に振舞っていますが、今も過去二年間同様、悶々たる心境です。日頃一生懸命やっているから暫く続ける積りなのだろうとは夢お思いにならないで下さい。総べては今年一年に掛かっています。そして、決断の時は、今年末と思っています。

期待を掛けた今年度のスタート・ダッシュも、一月に二回、二月に四回、三月に二回、合計八回のポスティング、然も総べて内容の異なるチラシを以って臨みましたが、大手塾と個人塾を問わず、回数と言い、内容と言い、これだけの質・量で臨んだところはないと思われる程の懲り様で臨みましたが、結果は今のところ許容限度最下限でクリアしたというところでしょうか？（存続確立は現時点では50：50でしょうか？）今年一杯とは言い乍ら、事実上はあと半年で黒白はっきりするものと思っています。

かつての厳然たる価値基準を有し、事に当たっては意気に感じ、一旦決めたらテコでも動かないという、古き善き「日本人」はもう死に絶え、再生不能なのではなかろうかと憂慮しています。

最悪、総《す》べてを今期限りで諦めることになったとしても、割り切り、切り換えの早さでは現役時代・三〇年間でも定評のあった私です。福岡でのこの三年間のことは、悪い夢を見たと思って、きっぱり忘れ去ろうと思っています。

シルバー・エイヂを迎えんとする日本人で、精神的にも経済的にも、この三年間の私ほど他者の為に努力した日本人はそうざらにはいない筈です。この後、湯布院に篭もり、自分達だけの為にを第一義として生きたとしても、もう「神」もそれをとがめる様なことはなさらないだろうと思っています。

あれだけ（多くもない中から）お金もつぎ込み、あれだけ老境の貴重な数年を賭して努力したにも拘わらず、理解してもらえず、意気にも感じてもらえず、支援もしてもらえないのですから。

れっきとした福岡市出身でいらっしゃる広田弘毅元首相の様などこに出しても一流で通る立派な福岡市人も居られるには居られますが、比率的には極めて僅少《きんしょう》で、平均的福岡市人には、ほとほと愛想がつきました。

少数乍ら、今の私にとっては、唯一の救いである、子供（塾生）達の笑顔なかりせば、一刻も早く湯布院に移り住みたいぐらいです。

今回も又グチばかりの手紙となってしまいましたが、自分で言うのも何ですが、私のグチは後ろ向きのグチではなく、前向きのグチ、つまりグチを起爆材としておりますので、悪しからず。

敬具

拝啓　本格的〝春〟の訪れの先触れたる〝桜〟の花も散り、今後は日一日と木々の緑もその濃さを増していくことでしょう。

さて、ご子息には憧れの修猷館高校に元気に通学を始められた由、大慶に存じます。

つぎの難関目指して一層の奮闘を祈念しております。

ところで、私共の塾ですが、先日の架電の折にも少し触れましたが、十分なPRも出来ず中途半端な時期からのスタートを余儀なくされた昨年と異なり、十分過ぎるPRで（今シーズンは、合計8回のポスティングと2回のダイレクト・メールと、大手塾と個人塾とかを問わず、最高レベルの頻度・内容で）臨めた今年度には、正直申し上げて、大いに期待しておりましたが、結果的には増えたには増えましたが、いわゆる微増（10名⇩15名）に留まり、残念乍ら、私共の期待に応える増え方ではありませんでした（私共の期待が大き過ぎたのかも知れませんが…）。

塾の活気、私共のやり甲斐、経営面等総《す》べてを考え合わせ、塾生は合計で少なく共30名は越えていなくては具合が悪いと思うのです。一年のうちの最大のかき入れ時の春の成績がこの様な結果に終わった今、今後余程の好転がない限り残念乍ら我が塾は恐らく今年度末を以って畳まなければならないでしょう。ここで、誠に恐れ入りますが、同封のパンフ（前述の92頁から100頁までの総合パンフを指す）をお読み頂きたく存じます（すでにお目通し頂いているかも知れませんが、その場合ももう一度お読み頂きたく思います）。

昔でなく現代で、他所《よそ》でなくここ福岡で、私の様に純粋な動機で以って、然も広い視野と深い思索から、塾を興こした人が他に一人でも居られるでしょうか？一人としてない筈です。そして又、やっている内容が実用学科である英・数・国・理・社五教科だけでなく、子供さんのこれからの長い人生にどれだけ資するか測り知れない〝教養・人間性教育〟の領域までカバーしている塾がどこにありましょうか？（こういう塾の必要性は私の一人よがりではなく、識者という識者が指摘しているところです）

かてて加えて、私にとっては余生を過ごすのに日本最良と評価する地での、自分自身の為の楽しかるべきシルバー・ライフを抑制・先延ばししてまでやっている事業ではあり、〝儲かる儲からないの問題〟ではなく〝やり甲斐の問題〟として、無躾《ぶしつけ》乍ら15名（クラス当たりで言えば3名）程度では事業を継続する気になれません。

先に30名というラインを突如として引っ張って来ましたが、何故30名であり、何故その30名を達成することがやり甲斐かについては、3年計画で市場の10%＝50名（存在意義ある最低市場シェア）を確保することが最終目標値乍ら、それへの橋頭堡として二年目の目標値が30名という論理です。

やり甲斐については、この事業はお金儲けの為でも、自己満足の為でもなく、世直し活動と位置付けている為、いくらユニークだ、特徴ある塾だと誇ってみても、市場の10%も取れないようでは、市場で存在感もなければ、敵側（他塾）に脅威も与えません。これでは存続の意味がないと私は考えます。

高い合格実績を誇っているところ、そして又レベル高い知育を実施しているところなら、当塾以外にも沢山あるでしょう。然し、教育の理想は、実績も大事、レベルの高い知育も大事ですが、もう一つ〝心の教育〟（教養・徳性・人間性教育）も欠いてはならない一大要素の筈です。これら三つの要素、つまり三大要素を総《す》べて満たす塾は福岡広しと言えど、私共以外には一つとしてない筈です。

大手塾には間違いなく一つとしてないと断言できますが、個人塾には〝心の教育〟を標榜する塾なら、ちらほらとなら存在します。然し、そんな塾でも大半はキャッチ・フレーズのみで、何ら実効ある手立てを有していません。実効ある手立てを持っているところも極くごく僅かには存在しますが、そんなところでも一つか二つの手立てしか、それも不定期かイベント的に年に一・二度やっているにすぎません。私共の様に五つも六つも実効ある手立てを有し（毎月の教養講座、夏のキャンプとクラシック・コンサート、児童書の蔵書、クラシックのBGM等）、然もそのうちのいくつかの様に、定期的に行っているところは一つとしてないと断言できます（巻末資料―13～15並びに先の総合パンフ参照）。

東京・大阪の様な大都市ならいざ知らず、地方都市・福岡にこんな塾が一つでもあること自体「奇蹟」の様なことなのですが、それもこれも自分で言うのも汗顔の至りですが、私の様な文化人にして教養人が、何の因果か福岡に流れ着いたから存在しているのです。私が福岡を去れば、又一つもなくなります。そして、恐らくこういう塾は二度と生まれないでしょう。と申しますのは、私の様な人間は日本人の中には極めて稀ですから。控え目に申し上げて一万人に一人でしょう。

こんな理想的な塾がお近くにあるにも拘わらず（子供向けの学習塾のみならず、成人向けの〝熱塾〟とて同じことですが）、お近くの方々もそうとは認知されず、来られている塾生のご両親にも、失礼乍ら、熱烈な支持熱＝熱気が感じられません（さりとて、塾生の皆さん＝子供さん達を責める積もりは毛頭ありません。小・中学生なのですから、無理もないと思っています。私共の良さなど、今はまだまだ分かる筈はないと思っています。30年以上も前に手掛け、今でも恩義に思って海外からでも手紙・ハガキをくれる、かつての教え子達も、当時から評価してくれていた訳ではありませんから）。
ただ近いから、値段が安いから、そこそこ成績が上がっているから、やっている。その様に、私の目には映ります。それらの要素もなるほど大事なことです。然し、私は最後の要素……〝心の教育〟をもっともっと評価して欲しいのです（今の世で、学校でも、塾でも、敢えて言えばご家庭でも、一番欠けているのは、この点だと思うのですが……）。

　よしんば、塾生の数は少なく共、内外共に「熱気」に溢れていれば、経営的には赤字でも継続しようと思いますが、現在の状態ではそこまでしようという気になれません。現状ならいろんな意味を込めて、30名という数字が事業継続の為の最低条件と申さざるを得ません。

　尤も、今年度はすでに漕ぎ出したことではあり、営業成績がどうあれ、年度末まで全うします（この点はお約束します）。

然し、来年度以降は今年度の結果如何と申し上げざるを得ません。ついでにもう一つつけ加えさせて頂ければ、最終目標値は飽くまで50名以上ですが、それに達していなくても、30名レベルに達していれば、10年は自分自身で頑張る積もりでおります（私の後継ぎを探すことは今の日本では……殊《こと》の外《ほか》福岡では難しいとは思いますが、我が塾が10年も続けば、福岡中を走り廻ってでも探し出したいものと思っています）。

以上長々と書きました様な厳しい情況にありますので、お忙しいことは良く分かります。予定がたたないことも良く分かります。従いまして、都合がついたらで結構ですので、先にご案内しました〝合同父母会〟を4／28（水）午前10時から12時まで開催しておりますので、ほんの短時間でも結構ですから、ご参加頂けたらと思っております。※

右に悲観的ともとれることを縷々《るる》書きましたが、（申し上げる必要もないことと思いますが、誤解のない様、念の為申し添えますが）、本音は私自身継続したいのです。又、地域の皆様方とて、私共の様な塾が一つくらい存在する方がどれだけ心丈夫か測り知れないと思うのです。今後共、陰に陽にご支援方宜しくお願いします。新中三生で、特に男子生徒で良い生徒さんがおられましたら、ご紹介下さい。

敬具

※（註）これだけ頼んだにも拘わらず、ついに両親共に出席して頂けなかった。顔さえのぞけて頂けなかった。一回だけの……それも二時間だけの会合にも出席して頂けぬ位だから、紹介などある筈もなかった。以後今日に至るまで私の自宅の住所も知らせてあるが（本人からも、両親からも）手紙一つ、ハガキ一つ受け取っていない。因みに、この子のお母さんは私と同じくクリスチャンである。

多くを望んだ訳ではない。ごく常識的な当たり前の答礼程度を期待しただけだと思うのだが、これで期待し過ぎだったのだろうか？

本件だけではない。この地ではこの種のことが多発した。日本の常識と思われることが通用しない地であった。尤も、そういう方々一人ひとりを……ましてや、当市人全体をうらみに思ったり、憎んだりしている訳ではない。行為を憎み、人を憎むことは厳に慎んでいる。〝悪徳を憎み、兄弟を愛しなさい〟という聖句（聖ベネディクトの戒律）を噛み締めて…

子供たちとの対話　～その三～

'99年4月度の教養講座として、アニメ映画〈ビルマの竪琴〉を見せた時のことである（巻末資料―16参照）。のっけから出席者全員喰い入るように見ていたが、最後の方では感激の余り涙を流している子が何人かいたように感じたが、私自身は一番後ろで見ていたので、定かなことは分からなかった。

観賞後のいつもの歓談の際に、再び教壇に戻って司会をした時、塾生の顔に涙の跡がついていたように感じたに過ぎなかった。しかし、涙を流したか否かはともかくとして、今回は〈アンネの日記〉を鑑賞した時と共に、最も子供たちを感動させた講座だったなとは感じていた。

それから数日後、兄弟して我が塾に通って来ている子供たち（中1と小5）のお母さんが塾に見えて、「この間見せて頂いた映画が二人共えらく気に入ったみたいで、二人揃って帰って来るなり、〝お母さん、〈ビルマの竪琴〉という映画を見たことがあるか?〟〝ない〟と答えると、〝絶対に見ないといけない。僕ら二人共悲しくて涙が出たんだから〟と言った」ということを伝えられた。

やっぱり、そうだったかと思った次第である。あの時は本当にみんな昂《たかぶ》っていた。ある程度受けるだろうなとは思ったが、こんなに受けるとは、夢思わなかった。子供たちの感じ方は大人の想像を越えているなと思った次第である。

因みに、この兄弟の家族は、お父さんの勤めの関係で兵庫県の姫路からの転入であったが、進学熱の高いところゆえ、どこの家庭でも競って塾に通わせガリついていた由で、一般的な塾通いには批判的だったが、当塾の校風……いや塾風が気に入られて、最初から兄弟揃って我が塾に通わせておられた。そういう考え方からだから、最初は学校の成績のことは余り気にしておられなかったが、兄弟共に真面目な性格ゆえ、通塾し始めて三ヵ月目くらいから効果が出始め、六ヵ月もたつと二人共一ランク学校の成績があがった。そうなるとお母さんもさすがに嬉しいとみえて、通知表をもらうとさっそく報告があるような始末であった。

少し前のある時、こんなこともあった。お兄ちゃんに比べて弟の方は、甘えん坊ゆえ最初あまり学業成績が良くなかった。したがって、みんなと一緒では力がつかないと判断し、ご両親の了解も得て、二、三ヵ月みんなと別にして特訓を施した。その結果、メキメキ力がつき、元のクラスに戻ったのだが、特訓の最後の方での出来事である。叱ることの多かった私が、力をつけたこの子の成長振りが嬉しくて、珍しく褒《ほ》め、答えの上に普段なら正解でも一重丸しかつけないのだが、この時は二重丸をつけてやった。そうしたら、よっぽどうれしかったのであろう。この子が家に帰って、さっそくお母さんにこう言ったそうである。〝今日、塾頭に褒《ほ》められたよ。うそじゃないよ。ほんとだよ。テキストにも、ほら！　二重丸がつけてあるだろ〟と。

教養講座の方も最初はジュースとケーキが貰えるからと言って出席していた様だが（お母さんの言）、根が真面目ゆえ、そのうちすっかりこの講座のファンになり、毎月一回のこの講座を楽しみにする様になった。締めてみると、兄弟揃って全体で最高の出席率（約八〇％）であった。総合的に見て、彼ら兄弟は共に私の最良の教え子であった。

その後も親子共々、この講座のこと、我が塾のことをもうすでに懐しんでいるとの賀状を毎年頂戴している。彼ら兄弟は第二ラウンドの塾の教え子としては唯一手紙交換の続いている子供達である。

第一〇章　娘の交通事故遭遇と廃業

現状に不満を感じ、先行きに不安を感じ乍らも、少数乍ら新入塾生も新しく迎えたことだし、胸中の不満・不安は噯気《おくび》にも出さず、奇跡にも似た好転に期待を掛けて、新年度塾授業を通常授業・教養講座共々、学校日程に合わせ4月3日にスタートさせた。

然るに、スタート後約一ヵ月経った、ゴールデン・ウィーク最終日に当たる5月5日の夜遅く、二つ目の不条理な出来事が私を襲った。関西に残して来た娘の交通事故遭遇である。ダメ押しであった。

警察からの電話連絡に、取るものも取り敢えず、掛けつけてみると、一命に係わりはないとはいうものの、頭蓋骨骨折、顔面骨折他の重傷であった。約一ヵ月の入院加療で一応の退院はしたものの、半年後の手術の可能性も残されており、一方半年前から脳卒中にて入・退院を繰り返している義母の世話を考え併せると、このまま福岡に居続ける訳にもいかず、塾は一応の区切りである一学期末（7／19）を以って、遺憾乍ら、閉塾することとした……実際はその後の塾生の皆さんの要望・動向等により、一ヵ月実施を繰り上げ、6月末を以って閉塾した。

奇しくも、第一ラウンドと全く同じ時期に、事情は不本意な事情からであったが、同じく短命な幕を閉じた訳である。

経過をおおまかに追えば、右の様な経過であるが、実際は大いに思い悩み、迷った末のことであった。

すでに前章で述べた様に、先行き不安を感じてもいたし、当年一杯は何としても頑張るにしても、最悪のケースとしてはそこまで（当年一杯）、延命しても一年先の今頃までという可能性も考えぬではなかったが、現実にこういう不慮の事故が起こり、前年に続いて閉塾の危機の前に立たされ、然も今回は前回と異なりどこか福岡の他所で開塾するという可能性の全くない完全な閉塾検討ゆえ、一層心は暗く且つ重く仲々決断が下せずにいた。

約一ヵ月間位思い迷っていたと思うが、そんな私に〝再度に亘る早過ぎる閉塾〟を決意させたのは、他ならぬ妻のつぎの言葉であった。

〝ひとさまの子供さんを愛するのはいい。然し、あなたは自分の子供とひとさまの子供さんとどっちが大事なのですか？〟

福岡へ移住して二年余、私の考えを良く理解し、又私を良くサポートしてくれた妻の言葉だっただけに重かった。殊のほか重かった。

現状に不満はあり、先行きに不安はあっても、子供達（自分の子供達の意ではない）への愛には変わりはなかった。後ろ髪をひかれる思いでの閉塾決断であった。この時期に塾生両親に宛てた手紙二通をご参考迄につぎに添付する。時あたかも入梅し、連日の雨となったが、それは私の胸中を代弁している様であった。

閉塾のお知らせ

拝啓

さて、早速ながら、誠に遺憾なお知らせをしなければならなくなりました。

私どもが三年前に福岡に参ります際、一人関西に置いて参りました私どもの娘（未婚）がこの5月の連休中に関西にて交通事故に遭遇し（頭蓋骨骨折、顔面骨折他の重傷にて目下入院中）、間もなく一応の退院見込みなるも、半年後の手術の必要性も残されており、一方、半年前から脳卒中にて入・退院を繰り返しております義母の世話とを考え併せますと、福岡にこのまま居続ける訳には参らないのではないかと……つまり、娘は勤めの関係で関西を離れる訳には参らず、一方、義母は必ずしも福岡にいる必要はないため、家族は再び関西に引きあげざるを得ないかと考えております。

事故後今日まで、（妻は関西にて娘の付き添い看護中ですので）私一人で塾経営を続けて参りましたが、この態勢で長期間に亘る塾経営はとても困難と思うに至っております。

塾生の中には受験期の生徒さんも含まれており、年度半ばでの閉塾は誠にもって心が痛むのですが、何分にも突発事故による右記のような窮状ですので、一応の区切りであります一学期末（7月下旬）まで頑張らせて頂き、その時点で誠に遺憾ながら閉塾ということにさせて頂きたく思います。一方的且つ身勝手な申し出ながら、事情ご賢察の上、何卒ご諒承下さいますよう、お願い申し上げます。

尚、女生徒さんを中心に、今まで当塾からの帰路は自家用車にてお送りして参りましたが、上記のような事情で人手が絶対的に足りませんので、残された期間自転車等お持ちでしたら、これを利用して頂けますと助かります。

敬具

拝啓　今夏は今までのところ梅雨にしては爽やかな晴天の日が多く随分と仕合わせています。尤も、夏場の水の心配のある福岡市民としては悲喜こもごもといったところでしょうが……

さて、娘の交通事故遭遇による突然の閉塾のお知らせをして、はや二週が過ぎ去りました。その間多数の在塾生の皆さん並びにご両親から閉塾を惜しむ声を聞きましたし、何よりも私自身が余生は次代（21世紀）を背負って立つ、少年・少女諸君と共に生きたい、諸君の精神的成長に関わり乍ら生きたいという〈強い願望〉をここ10年（企業に在職中から）抱き続け、やっと三年前にここ福岡の地で実現を見ただけに、私自身が他の誰よりもこの度の閉塾を残念至極に思っているのですが、こういう結末になったのも「神」の思し召しなのでしょうから、甘んじて受けざるを得ないと思っています。「神の摂理」と思って、つぎのチャンスを待ちましょう。

つぎに、閉塾の時期についてですが、先に一応の区切りである一学期末（厳密には7／19）までとお知らせしましたが、〝そういう事情なら、塾頭も一刻も早く関西に帰りたいでしょうし、私共も今後の身の振り方を早く決めたいので、6

月末で退塾させて頂きたい〟という方が結構出て来られ、その結果7月度は全クラス一～二名の少人数クラスとなり、お約束どおり一学期末まで授業を続けることが、却ってご迷惑の上塗りをする（親切が却って仇となる）観を呈して参りましたので、重ね重ねの一方的措置の連続で誠に申し訳なく思いますが、最も近い区切りである6月末〈厳密には6月第四週末（26日）〉を以って閉塾ということにさせて頂きたく存じます。短い期間でしたが、その間の、又最後の最後までのご愛顧に重ねて感謝申し上げます。

それでは、今までのところは晴天の日が多かったとは申せ、何分雨期のこと、いつ何時じとじと雨の連続に変わるか分かりません。呉々もお身体大切に！　敬具

〈追記〉～塾生の皆さんへ～

不本意ながら、このたび本当に短期間で閉塾しなければならなくなり、皆さんには、大変迷惑を掛けますが、事情おくみとり下さい。

短い期間でしたが、授業中……とりわけ、教養講座の中で申し上げたことを長く記憶にとどめ、将来長きにわたって役立ててもらえれば、塾頭としてこれにまさる喜びはありません。いつまでも元気で、勉強に、部活に励んで下さい。遠く、関西の地より皆さんの成長を楽しみにしています。

第一一章　三年間の総括

～私は現代のドン・キホーテを演じただけなのか？～

国の〝ゆとりある学習〟と称する、中位より下位に照準を合わせた様な、〝狭範囲、低レベルの現代公教育（義務教育）〟に危惧の念を抱く方々の為に、それもレベル高い知育だけでなく、現代の塾業界で大勢を占める大手塾は見向きもしない〝教養、徳性、人間性教育〟まで掲げて、言わば現代公教育の欠陥は総べて補完して差し上げましょうと、然も（自分が勝手にしたことではないのと言われればそれまで乍ら）一流企業の高位ポストを定年前に投げ捨ててまで、縁もゆかりもないこの地・福岡で三年間それこそボランティア精神で誠心誠意頑張って来たにも拘わらず、ほんの一握りの支持はあったものの、絶対数に於いて微々たるものに過ぎず（予想割合で言えば、一桁違っていた）、世直し活動の積りで取り組んだ者にとっては、落胆甚だしい結果であった。福岡の流儀からすれば、少なくとも五年や一〇年ぐらいは見なきゃということかも知れないが、東京、大阪等大都市で多年もまれてきた者にとってみれば、三年見れば十分である。福岡の実態は良く分かった。先の見通しも十分ついた。

ついで、音楽教室も、楽器を売る為に音楽教室をされている楽器店経営の音楽教室と違って、精神的糧を音楽（クラシック音楽）から得るところの多かった私にしてみれば、純粋にただ音楽を愛する心から、損得勘定を度外視して開設したものである上に、大都市と違って福岡等地方都市では余程繁盛しているところでない限り、普通カバーしないフルート科やバイオリン科まで加えて頑張って来たにも拘わらず、これ又ごく一握りの支持があったに留まった。

大方の評は、〝学習塾は普段教室を夜間しか使用しないから、空き時間の昼間の有効利用の為になさっている。お金儲けに余念のないことね〟というものであった。まさに「下《げ》司《す》の勘繰《かんぐり》」である。チラシや経営姿勢等から、もう少しましな見方はできなかったのだろうか？　情けない限りである。

最後に、成人向け教養・文化教室〝熟塾〟に於いても、第一義的には私が多くの先達から、そのご指導を通して学び取った文芸、映画、音楽（クラシック音楽）等の素晴らしい作品に接することによって得られる〝無上の愉び〟をコミュニティの方々とも分かち合いたい……ただそれだけの純粋な気持ちから、そして第二義的には、私自身だけでなく腕を撫《ぶ》しておられる在野の碩学《せきがく》の方々にも登壇の機会を提供したいという、これ又けなげな人間愛から、入会金：一、〇〇〇円、会費：五〇〇〇円（茶菓代、通信費実費）という低料金で定期的に（毎月二回）提供したにも拘わらず、然も福岡有数の高級住宅地での活動ゆえ大いに期待したにも拘わらず、常連は5名未満という全く期待はずれで殆ど無視された観がある。ＰＲ的にも、活動期間中毎月一回当地№1購読量を誇る地元紙・西日本新聞への紙面広告を実施すると共に、たまには周辺五㎞を対象とする新聞への折り込み広告、近隣一㎞以内への各戸ビラ配り等も実施したので、ＰＲが不足したとも考えられないのだが……

学習塾や音楽教室と異なり、この成人向け教養・文化教室は私が企業勤務の傍ら、年数的には三〇年以上に亘り、場所的には大阪、大分、岡山、東京と数ヵ所に亘って活動して来たものであるが、福岡ほど評価低く、熱気が感じられなかったところはなかった。サイド・ジョブ的にやった時にはそこそこに受け乍ら、メイン・ジョブとして本格的に取り組んだ時にはこういうところと巡り合わせるとは、何たる皮肉、何たる不条理、何たる神の悪戯かと思った。残念至極に思っている。結果論で言えば、いずれも識者がこぞって指摘していることを殆ど総べて具現して、ほぼ理想を実現していたと思うのだが、却って余りに理想に過ぎたのであろうか？　私は所詮現実離れのした夢に唯ひたすら生きようとした中世スペインの騎士：ドン・キホーテを演じただけなのであろうか？

家族も友人・知人達もこの度の計画を初めて打ち明けた時、（私は関西生まれの、関西育ちゆえ）地縁・血縁の全くない地方都市・福岡での旗上げにはこぞって反対だった。30年余、大企業で企業戦士としてそれこそガムシャラに働いて来たのだから、今後は趣味三味に生きたら良いじゃないのと勧めてくれたのだが、クリスチャンの私にして見れば、はやばやと六〇歳から自分の世界に閉じ籠もり、それも趣味三昧にのみ生きるのは潔しとしなかったのである。最低六〇歳台一〇年ぐらいは〈他者の為〉に働いてからにしたかったのである。然し、誠に遺憾乍ら、福岡の方々には（一部の子供達を除いて）全く通じなかった。受け入れられないとなれば、残念だが致し方ない。これからは用地もすでに手当て済みの湯布院の地にうわものを建て、（本意ではないが）趣味三昧に生きることを第一義としよう。そうしたからと言って、もう〈神〉もそれをさほど責めはなさらないであろう。この度の事業資金に三〇年余働いて得た退職金は総べて叩《はた》き、この三年間それこそ寝食を忘れてこの事業の為に頑張ったのだから。尤も、趣味三昧に生きること……つまり「楽しみたい」を第一義としたからと言って、この三年間の第一義たる「役立てたい」を放棄してしまったのだと早合点しないで頂きたい。福岡の現実に鑑み、当面第三義に後退させたに過ぎないのであって、依然基本理念の中に留まっていることに変わりはなく、望まればいつ何時第一義の位置に繰り上げるか分かったものではないのだから。

最後に、繰言《くりごと》乍ら、断じて自分の為にではなくコミュニティの為に、そして僭越《せんえつ》乍らコミュニティにとっても、私は決して無用の人間ではなかったと思うがゆえに、もう少しご支援が頂けなかったものかなぁというのが、私の偽らざる心境である。未練ながら、そのことだけが残念でならない。
谷村新司のアリス時代の歌の一節がふと私の脳裡に浮んだ。

〝悩みつづけた日々がまるで嘘のように
忘れられる時が来るまで
心を閉じたまま暮してゆこう
遠くで汽笛を聞きながら
何もいいことがなかったこの街で〟

私のシルバー人生の夢を託した福岡に於ける生涯教育に係わる全事業を閉じて数ヶ月後、(売却の予定であったが、幸い未だ処分していなかった)福岡移住前に永年住んだ関西の自宅に再び舞い戻ったが、形式的には娘の不測の交通事故遭遇に因るとは言え、実質的には移住地に冷遇され、拒絶されてのことである。一旦は終《つい》の住処《すみか》にと意を決して移住し乍ら、僅か3年で再び同じ地に…繰り返すが、全く同じ地の、全く同じ家に戻るのがどんな心境か、経験した人でなければ、まず全きご理解は無理と思うが、想像を逞ましゅうして想像してみて頂きたく思う。失意と虚無感に浸された、この上なく寂しく無念なものであった。

事業が旨くいかなかったから、八つ当たりしているのではないのである。仮令、事業が旨くいかなくとも、せっかく終の住処にと思って一度は家族あげて越して来たところなのだから、良い街だなと思えたら、そのまま居続けようと思うのが人情である。私もそのぐらいは是々非々で考えられる人間である。然し、それすらしたくない、出来ないというからには、これは相当のものだぞと思って頂けないであろうか。

又、相性が単に悪かっただけのことではないのという声が聞こえて来そうである。然し、（そういう面もなきにしも非ず乍ら）そんなレベルではないのである。つぎに、二・三実例をあげてみよう。①空港に降り立って「インフォメイション・カウンター」でものを尋ねても毎回人の顔も見ずに無愛想に答えられ、②百貨店に行っても毎回笑みもなく、愛想もない案内嬢に接応され、③ちょっと珍しい物を買うべく専門店に出向き、お目当ての物がなかった場合、何処《どこ》に行ったら手に入るか尋ねても、凡そ何の関連情報もくれた例《ため》しもない様な…（因みに、ものの本によるとこういう場合、長い目で見る関西…とりわけ大阪が日本では最も優れている由であるが）〝只うちにはありません。何処に行ったら手に入るかも分かりません〟と何度聞いても同じ言葉を繰り返す様な街には、ただ生活するだけでも住みたくもないと思われないであろうか。繰り返すが、事業が旨くいかなかったから…〝坊主憎けりゃ、袈裟まで憎し〟で、八つ当たりしているのではないのである。一度は意を決して、一家をあげて引っ越して来たところだし、おめおめと元の街には帰りたくもないのが人情である。にも拘わらず、恥を忍んでも、帰った方がましと思った程、この街はひどかったのである。

尤も、いくら例をあげ、事こまかに説明しても、その悪さ加減は実際に住み、実際に感じた人でなければ、仮令《たとえ》千言万語を費やそうとも、所詮ご理解頂けぬであろう。よって、この辺で止めることとする。

ここで二年半に亘る福岡に於ける我が事業活動の記述を終えるに当たり、忘れ得ぬ或る一人の恩人のことに触れなければ、私自身恩知らずの誹《そし》りを免れられないであろう。その恩人とは、福岡に於ける二番目の事業拠点となった物件のオーナー：Y氏（某機械メンテ会社会長）のことである。事情はつぎのとおりである。私の最初の事業拠点が規模として大き過ぎ、自らの首をしめる結果になったことに鑑《かんが》み、二番目の拠点はできるだけ小規模にスタートさせたいと考えた。Y氏の所有物件にはその時、2Fと3Fに空室があったのだが、スペース的に狭く、コスト的にも安価な3Fの方の空室を借りるべく交渉を開始した。

交渉開始に当たって、自己紹介的に私の本事業に懸ける理念・情熱を纏めたものと塾のプロフィールを纏めたものをお見せしたところ、一読して〝これは金儲けの為の事業じゃないじゃないの？　私もビジネス・マンだから金儲け目途の事業なら、敷金も一銭たりとも負けないし、賃貸料もキッチリ頂戴するが、私も齢：七〇を過ぎ、そろそろ社会のお役に立つようなこともしなければいけないと思っている折でもあり、君の殊勝な考え・情熱にめげて、3Fの料金に近い丸数の一〇万円／月（正規の料金の半額）で、2Fの方を（君の方さえ良ければ）貸そうと思うがどうかね？　同じやるなら、多少なりとも大きい部屋の方が良くはないかね？〟という涙の出る様な、有り難いご提案を頂いた。いわゆる、意気に感じて頂いたのである。この様な心情溢るるご提案を頂いて、断ろうことか、喜んでご厚意に甘えさせて頂いたが、その後娘の不測の交通事故遭遇で事業を畳まなければならなくなった時にも、本当に親身にご心配頂き、〝何とか事業を継続する方策はないかね？〟と何度も慰留頂いた。ここで事業をさせて頂いた約一年の間、本当に心暖まるご厚誼を頂いた。

同じ貸借料同士の部屋の選択に於いてオプション権を供与されたのとは違い、（資産家で事業家のYさんにとっては、差額は僅かの金額とは言え、割合で言えば）五〇％ＯＦＦという、大きな犠牲を払ってご提案頂いた訳である。私はこの様に何に於いてであれ、犠牲を伴う行為こそ本当の愛に根ざす行為と考える。犠牲を伴おうと伴うまいと〝愛の行為〞に変わりはないが、あれもこれも〝愛の行為〞という「範疇論《はんちゅうろん》」と、同じく〝愛の行為〞ではあっても、あれよりこれの方が値打ちが上だという「価値論」とは別の次元の話しである。定義の問題ではあるが、犠牲を伴わない様な、いわば〝ちょっとした善意〞程度の場合は、私は〝愛の行為〞の中には入れない。Yさんのご厚誼《こうぎ》の様に犠牲を伴うものこそ、本当に〝愛の行為〞と呼ぶにふさわしいものと思う。有り難いことであった。

　余談になるがこの方が地元・福岡のご出身の方であったなら、私の福岡に対する想いも随分と違ったであろうと思われるのだが、残念乍らこの方は関東ご出身の方であった（ご先祖のルーツは信州・大町の由であった）。

　福岡に住んだ三年半の間、この方を除いて意気に感じて頂いたことは唯の一度もなかった。自らも意気に感ずるタイプである私にして見れば、この方との出逢いほど嬉しいことはなかった。当然のこと乍ら、関西に一旦引き上げ、再び大分・湯布院に舞い戻った今日でも、この方とのご交誼は変わらず続いている。湯布院の新居にお迎えした最初の遠来の賓客は、他ならぬこの方であった。

　そして、最後の最後、本書脱稿直前に朗報が一つ私の手元に届いた。よって、福岡に於ける数少ない良い思い出の一つとして、ここに書き加えることとする。

福岡で最初に手掛けた最上級生（中三生）のうちの一人（U君）が、今春某国立大・教育学部に合格したという便りをくれたのである。お母さんからの礼状も一緒だった。この子は最初に会った時から出来るなという印象を与えたのだが、その割に学業成績も教養講座への出席率もいま一つ私の期待に応える迄には至らなかった（いずれも、地区の不勉強・不活性なムードが災いしていたのであろう）。

しかし、第一印象が第一印象ゆえ卒業まで何かと目を掛けてやった。彼も何かを感じ取ったと見えて、卒業後も（確か卒後二年目だったと思うが）唯一人私の元を訪ねて来てくれた。とまれ、こういうことがあるから、どういうことがあろうと、子供達への教育・世話と縁が切れないのである。こういう時が教師として一番嬉しい時であり、教師冥利に尽きる時である。

かように、福岡での日々も（比率的には極めて低率ではあったが）心暖まるエピソードもなくはなかった。然し、残念なのは、それらのプレゼンターが、右にご紹介したY氏・U君を初め総べて福岡人のうち大多数を占める福岡市出身者ではなく、福岡市外出身者だったことである。

第三篇　再飛翔目指して（挫折を越えて）

第一二章　苦悶の半年
～福岡から湯布院への心の軌跡～

我がシルバー・ライフの基本理念とした「三たい主義」の中でここ三年私が第一義として来た「役立てたい」が日本人一般には余りにも軽視され、それを正し教導しなければならないマスコミ・ジャーナリズム、それもNHKの様なハイ・ブロー志向の放送局ですら、軽視されていることに憤りを感じたことも一度や二度ではなかった。悶々として過ごしたこの夏、NTVで製作・放映された、その様なシルバー・エイジャー向け番組を数本見た。ご覧になった方も居られるかと思うが、「海からの贈り物」「日本人こころの風景〝65才〟」「世紀を越えて・老人パワー幸せへの挑戦」等である。

これら番組の製作に携わっておられる方々のお考えは、今シルバー・エイジを迎えんとしている人達は、その壮年時代を国の為、会社の為、家族の為に猛然と闘って来た人達だから、シルバー・エイジになったからは、他人のことよりは自己の楽しみを大切にして生きたら良い。その為の蓄財であり、健康保持であり、趣味の開発であるという「哲学」が共通している様に見受けられる。'99年7月19日放映のクローズ・アップ現代「海からの贈り物」然り、同9月6日放映のETV特集「日本人こころの風景〝65才〟」も然り、同9

月26日放映のNHKスペシャル「世紀を越えて・老人パワー幸せへの挑戦」も又然りであった。然し、失礼乍ら、私はこれではいけないと思う。

能力なく、財力なく、体力なく、気力もない様な人達対象ならいざ知らず……そういう人達も不幸にしていくらかは居られるであろうが、そういう言わば弱者・敗者向けの番組を、それもたまにあるのならまだしも、そういう番組ばかりを立て続けに製作・放映される必要がどこにあるのであろうか？　製作担当の方々が思っておられるほど日本人の力量は低くはないと思うし（低いのは〝志〟）、目的論的に言ってもこういう趣旨の番組は不要と思う。否、それどころか有害ですらあると思う。世界レベルで見た場合、自己の為だけではなく……自己の為があってはいけないと言うのではないが……体力的、時間的、経済的に余力のある若者を除いて、他者の為に努力する人の少ない日本に於いては尚のこと、自己の為だけではなく、もっともっと他者の為にも努力するシルバー・エイジャーが必要なのである。

日本人にあっては、皆無とは言わないが、欧米人に比べれば、そういう他者の為に努力するシルバー・エイジャーが余りにも少な過ぎると思う。人並み優れて他者の為に尽力している欧米人シルバーに比べても、能力・財力・体力・気力的に見て、さほどひけをとらない日本人シルバーは沢山おられると思うのに、そういう哲学に疎《うと》く、視野も狭い為、そういう生き方をする日本人シルバーは極めて少ないというのが現状であろう。そうならば尚のこと、そういう人達の耳を引張ってでも欧米人の生き方を見習わせるのが、NHKを初めとするマスコミ、ジャーナリズムの務めだと思うし、又数は少ないだろうが、他者の為にけなげに努力している日本人シルバーの闘っている姿をこそ、もっともっと報道して然るべきだと思うのだが、そういう人達が報道されることの何と少ないことか。

自分自身のことで恐縮乍ら、本書の出版を巡っても、本稿出版打診の為、持ち込んだ某大手出版社・編集者の言はこうであった。〝昨今あなたの様に会社を定年退職して事業を興す人はごまんと居る。まして、サクセス・ストーリーならともかく、失敗談など誰が読む？〟

確かに会社を定年退職して事業を興す人は（ごまんと居るとは思わぬが）かなりの数おられるであろう。然し、そんな人の大半は、私の様に〝他者の為に〟ではなく、〝自己の為に〟その事業を興しているのではないのか？　〝味噌も糞も一緒にする〟とは正にこのことである。明き盲にも程があろうというものである。その上、失敗談と言っても、本書は単なる失敗談ではない。二度の失敗にもめげず、もう一度挑戦しようとしている上に、内容的にも類書とは懸隔《けんかく》していると思っている。いや、そういう言い方ではまだ不十分なのだ。本だけでなく生き方そのものが隔絶しているのだ。

私はこの言を聞いて滅入るどころか、却って何としても、意地でも出版してやろうと思った。

ここで再び先に引例したＮＨＫの番組の件に戻るが、番組名だけあげるに留めては、どこがどういかんと思っているのか、ご理解頂けないと思うので、つぎに少々具体的に述べさせて頂く。

1）7月19日放映のクローズ・アップ現代「海からの贈り物」で言えば、退職金を叩《はた》いて念願のクルーザーを購入し、マリン・レジャーを楽しんでいるシルバーのどこが立派なのだろうか？

僻《ひが》みで言っているのではない（それぐらいのことなら私だってやっている。然し、私の視野は自己の為だけではない）。自己の為だけに留まっている限り、何をしようとＮＨＫで報道されるほどの価値があるだろうか？

2）次に、9月6日放映のＥＴＶ特集「日本人こころの風景〝六十五歳〟(1)」で高級住宅街・多摩団地に住む65歳の元企業戦士の方々の近況……自己の快楽の為だけに生きておられる姿が紹介されたが、こんな生き方をわざわざＮＨＫで報道される価値がどこにあるのであろうか？

3）最後に、9月26日放映のＮＨＫスペシャル「世紀を越えて・老人パワー幸せへの挑戦」の中で、自らの身体を鍛え、新しい趣味の開拓に挑戦している米国・西部の方々の姿が紹介されたが、他者の為には何もせず、ただひたすら自己の快楽のみを求めている姿を見て、嫌悪感をすら感じた。それでなくても、自己の快楽のみに耽《ふけ》りがちな日本人シルバー向けに、(他者の為に尽力することの多い米国老人の姿は取り上げず)何故にこの様に自己の快楽のみを追う米国老人の姿を報道されるのであろうか? 老人はこれで良い、こう生きるべきだと主張されたいのだろうか?

日本老人の中には、自己の快楽すら味わえない老人もおられることは十分認識している。しかし、それはごく少数であろう。NHKともあろうハイ・ブロー志向の放送局がそういうマイナーな人達向けの番組を数多く製作され、放映される必要・価値がどこにあるのであろうか?

今回取り上げたのは、NHKのものばかりであったが(私は民放は原則見ない主義だから当然の結果だが)、NHKに限らず、日本のマスコミ、ジャーナリズムが日本人シルバー・エイジャーの行動を取り上げる場合、自己を利する行動の価値評価が少々高すぎる様に感じる。無為に過ごすシルバー・エイジャーが多い日本の現状に鑑《かんが》み、自己だけを利するにせよ、積極果敢に生きようとするシルバー・エイジャーの行動を賞賛せんとする心情も分からぬではないが、自己を利する行動である限り、（厳し過ぎる言い方かも知れぬが）それは当たり前のことであり、特段の賞賛には値しないと思うのである。キリスト教徒の多い欧米人の目にはそういう姿勢は奇異に映るのではないだろうか？（日本人でも安人立命《あんじんりゅうめい》ではなく、神の御心の実践を第一義とする、己に厳しいクリスチャンにとっては同様）。価値基準的に見れば、それがいかにレベル高く且つ優れた行動であっても、自己を利するだけなら、所詮それは第二ランクに属する行動に過ぎないと思うのである。

至高の価値レベルたる第一ランクに属する行動は、他者の為にか、少なくとも他者の為でもある行動だと思うのである。クリスチャニティに浸された欧米人の目から見れば、それが当たり前であるのに、（宗教の如何を問わず）信仰なき民・日本人の価値基準ではそうならない様である。ここら辺にも余裕の人生であるシルバー・エイジに於いてすら、他者の為にとの姿勢・視野が生まれない日本社会の特殊性・いびつ性がある様に思えてならない。

とまれ、ＮＨＫの様なコマーシャリズムに無縁な中道・中立の報道機関こそそういう視点で、日本人の多くが（とりわけ、子育ての終わったシルバー・エイジに於いては）自分のことだけでなく、他者の為にも行動するよう、教導・鼓舞してほしいものと思う。

他者への注文はこのくらいに留め、そろそろ自分自身のことに戻ろう。

永年、私の胸中深くで密かに、然ししっかりと暖めて来た〝我がシルバー・エイジの夢〟を退職を機に満を持して開花さすべく、そしてその地を永住の地とすべく、勇躍「福岡」に移住して、はや三年の月日が経った。〝石の上にも3年〟という諺がある。ベストさえ尽せば、三年も経てば、満開とはいかなく共、少なく共芽ぐらいは出るであろうと、他事は総べて先送りして、これ一点に絞り込み、文字通り、精一杯頑張って来た。シルバー・エイジャーとしては、これ以上は無理、これ以上やったら身体を壊すと思われる程、授業に、屋外活動に、PR活動に、巾広く且つ深く掘り下げた積りである。

然るに、私の夢は……期待は……残念乍ら当地では叶えられなかった。失敗の原因は過去10年に亘《わた》る未曾有《みぞう》の不況や私が敢《あ》えて採った〝狭き門の様な経営路線等多々あろうが、その中の最たるものは、夢を……期待を……掛けた地が、思いも掛けず、余りにも悪すぎた、このひとことに尽きると思っている。誤解のない様につけ加えるが、今回の試みが経済的に成功しなかったのではなくて、……経済的には大成功とまでは言えなく共、遠からずペイ・ラインは十分越える感触は得ていたが、……私の第一義的目的はそんな世間一般のありきたりの目的ではなく、平たく言えば現代日本の公教育（特に義務教育）が欠いている「徳育」と「知育」を併せ持った〝巾広い教育〟を施し、世界に通用する人材の育成を目指したが、（そういう教育こそ、今最も欠け、最も求められているもの……次の教育改革の謳い文句たる、掛け声だけの「ゆとり教育」でも「30人学級の実現」でもない……と思うのだが）、そういう教育に対する当地の親御さん達の理解・評価がまるで得られなかったことを失敗と言っているのである。いくら経済的に成功しても、この目的が叶えられなければ、私にとっては全く意味がないのである。今後、福岡で何年続けても、当地の平均的な人達の民度・性向では脈はないと判断した次第である。

私は小さい頃から転勤も含め、拾数ヵ所居所を変えて来たが、何処《どこ》でもカルチャー・ショック等全く無縁だった。何処《どこ》でもしたたかに巧みに同化・順応して来た。然るに、この地で、この年齢になって初めて、然も強烈なカルチャー・ショックに見舞われている。本質的に都会人でありながら、その一方で田舎も大好きという個性派の私のことゆえ、今までにも肌が合わない地や物足りない地はそれこそ一杯あった。然し、その様な地にも、少しは肌の合う点や評価すべき点が必ずあり、総べて同化・順応出来て来たのだが、ここには……厳密にはここの人達には、繰り返すが、好評の世評に反し、いわゆる民度低く、然も性向的にも何一つ取り柄がなく、永住どころか僅か三年住んだだけで、もう結構……もう沢山という心境になっている（好評の世評は一体何処を見、何を見て言われているのであろうか？　全くもって、理解に苦しむ）。長州の大先達・吉田松陰……私も長州人のはしくれなので……が長崎への道すがら、今の福岡市周辺を通った際、「筑前人は便佞《べんねい》（口は達者だが、誠意がないの意）にして、精神が凝定しない」と日記に書き留めたと司馬遼太郎著「世に棲む日々」にあるが流石《さすが》だと思う。（ひょっとしたら、筑前人と長州人は相性的に最悪の組合わせなのかも知れないが）

しかし、どう結論づけるにせよ、僅か三年で決めつけるのは、いかにも早すぎるのではないか？　というご意見もあるかも知れないが、活動的な私のこと、三年で普通の人の十年分は経験した積りである。それも一ヵ所だけでの経験ではなく、レベル的にも上・中・下三層取り混ぜ、地域的にも南部・中部・北部三地域織り混ぜた結果だし、かてて加えて、私だけでなく、家族全員が同じ心境だから、その悪さ加減・ひどさ加減が分かろうというものである。都市機能は恐らく首都圏、関西圏に次ぐ第3位の実力を持っていると私も思うが（ぴっかぴかの都市機能とは裏腹に）そこに住む人々の民度、性向には、大げさではなく、本当に一驚を喫した。

イスラエルのキリスト教神学者M・ブーバーの著作に〝我と汝〟という名著がある。その内容を簡単にご紹介すると、人と人との交わりに於いては、路傍の石との関係：「我とそれ」の関係ではなく、血の通った心熱き当事者同士の関係：「我と汝」の関係に立たねばならないと説くのだが、その中心テーマである「我と汝」の関係に、この地生まれの人達には…そう言うと〃この地生まれの総べての人達には〃と言っている様に受け取られる虞《おそれ》があるので、言い直すと私がこの地で出会い、係わりを持ったこの地生まれの人達には一人として立って頂けなかった。

　こんな例は生涯一五回も居所を変えて住んだ私の経験でもついぞないことであった。又こう言うと、〃狭い日本のこと、或いは同じ日本人同士のこと、違いはあったとしても、大同小異で大差はない筈。お前の出会い、係わりを持った人達がたまたまそういう人達ばかりだったに過ぎないのではないかと反論されるかも知れない。

　然し、私が当地で出会い、係わりを持った人達の数は活動的な私のこと、百人や二百人ではない。まして、十人や二十人という様な少数ではない。然し、それにしても万や十万単位ではないだろうと反論されるかも知れない。それは正にその通りである。確かにそんなに多くの人には会っていない。然し、千の単位ではあっても、ＮＨＫを始めとする主要ＴＶ局や主要新聞が行う世論調査の場合のサンプリング対象人員とほぼ同数であり、分母が違うから（一方は日本の総人口、他方は福岡の総人口ゆえ）比率的にはずっと高い。よって、断定は出来ないまでも、その地の傾向を推し量るに不十分な数字ではないと思う。

余り居所を変えたことのない人にとっては、また居所をかなり変えた人でもそういうことに疎い人にとっては（失礼！）、俄にはご同意頂けぬかも知れないが、狭い日本・同じ日本人同士でも地方により、地域により、随分と異なるものと思う。（それでも尚、その見解には首肯しかねるという読者がおられたら、その時はもう見解の相違としか申し上げようがないが…）

民度という点からは、（九州島内、大差はないが）福岡は九州七県庁所在都市中でも、良く見て中位、悪くすると下位グループ（現地の人でも手厳しい人はそう言う）と思われ、悪性向と思われる点を列挙したら何と25の多きを数えた（ワースト2でも10は超えない）。総合的な住環境としては以前住んだ大分の方が遥かに上と私は見る。（独断と偏見極まりといったところかも知れないが…）

私たちは当地へはいかなる先入観もなく、白紙で……否、むしろ、どちらかというと理由のない漠然としたもの乍ら、好意をもって……なんとなれば、以前住んだ大分の印象が余りに良かったものだから、そんな道理はないにも拘わらず、勝手に福岡人は大分人の延長線上にあって一層洗練された人達という〝福岡人像〟を描いて、移住して来た。

しかし、現実は大分人の延長線上どころか、むしろ対極にあったのである。これでは事業も、人脈・地脈共にない他所者《よそもの》がいくら頑張ろうと、うまくいかないのは理の当然というものであろう。さしも、粘り屋の私もここでは流石《さすが》に諦めた。

今回の失敗の原因として、右記のことは誰の目にも成程《なるほど》と思われることではないかも知れないが、（敢えてこの原因追求をここまで徹底的に展開するのを憚《はばか》ったので、論理に飛躍がある、或いは欠落があると思われるかも知れないが）私は失敗の最も深いところで深く係わっていると思っている。

ここまで平均的福岡市人の民度、性向についてかなり頻繁に言及して来た。然し、（これで批判を抑制しているのかと言われそうだが）実は随分と自制しているのである。これでも、〝他人を裁いてはいけない〟という聖書中の御言葉に律せられて、実際には当地の平均的な人達の特徴的な性向のいくつかが、今回の私の事業の失敗の決定的原因になっていると確信して居乍ら、今までそれに深く言及することを避けて来た。

然し、その御言葉に余りに忠実であり過ぎ、また余りに口をつぐみ過ぎては、読者にとっては隔靴掻痒《かっかそうよう》の感を免れないであろうし、また却って失礼というものであろう。よって、平均的当地人の間に見られる特徴的性向と思われるもののうち、私にとって致命的だったこと一つだけ、ここで言及したい（批判というものは、それがいかに当を得ていても、余り多くては耳障りなものゆえ、一つだけに止める）。

それは「他人の善意に疎《うと》い、気がつかない」という性向である。具体的に言うと、善意に満ちたサービス提供者のサービスの中には、いくら代金は払っても、代金を越える部分が…お金では買えない部分が…お金とは関係ない部分があると思うのだが、(例外は勿論あるが)大多数の平均的福岡市人の解釈は千円でもあるいは僅か百円でも、代金として払えば、〝払ったは、払った。なにも有り難がることはない。なにも感謝することはない〟となる様である。

具体例を挙げると、学習塾で言えば、他塾では凡《およ》そ手掛けない〝一歩先を見た、上級校に入ってから役に立つ様なことを教えても〟また〝マンガ本ではなく、れっきとした児童図書を揃え、いくらクラシック音楽をBGMで流しても〟更には〝女生徒の場合、帰途(夜道)は危険だからと車で送って行ってあげても〟(それらは総べてそのこと自体は無料にしていたのだが)、彼等の流儀では、〝それらは総べて代金の中に含まれている。だから、代金は払っている。なにも特別有り難がることはない。感謝することはない〟となる様である。

成人向け教養・文化教室で言えば、無料にしても良かったのだが、無料にしては成人向けだし却って来て頂きにくかろう、失礼だろうと思い、一回当たり大枚五百円頂戴していたが(五百円は茶菓子代と郵券代相当、実質は無料)、百万円単位の高級装置を使い、カートリッヂだけでも十万円単位のものを使っていても、〃いくら何でも僅か五百円では少ないのではないか？　必要経費に見合う金額にしてくれ〃という声が大勢を占めない。占めないなら、占めないで結構。当方は最初からボランタリー精神でやっているのだから。然し、その場合は、いつもいつもでなくて良いから、御礼の気持ち、感謝の気持ちを表す言葉ぐらいたまにはあっても良いと思うのだが（他府県では例外なく総べてそうだったが）、それがここでは絶えてない。私はこれをこの地の人の悪性向と捉えたが、ひょっとしたら、文化の違いかも知れない。然し、いずれにせよ、これでは（善意の高品質サービスを差異化の目玉として勝負しようとした）我々レイト・カマー（＝後発）には、…まして地縁・血縁の全くない他所者《よそもの》である私達には、戦いようがないではないか！

これが、私に福岡を諦めさせた最大の理由である。

控えめにとは言え、又本意ならずとは言え、私は本書で福岡市人を一度ならず批判した。私が第三ラウンドをもう一度試みるべきか、試みざるべきかの選択に於いて、試みない方を選んでおれば、それは必要ないことであった。そうしておれば私はそのことに一切触れなかったであろう。然るに、実際は稀に見る粘り腰を発揮して（見方によっては性懲りもなく）、第三ラウンドをもう一度試みてみようと決意したからこそ、そのことに触れざるを得なくなったのである。つまり（読者の皆さんにもここで良く考えてみて頂きたいのだが）私がそう考えていなかったら、論理的に第三ラウンドを試みる根拠はなく、又言い方を変えれば、そのことに触れなかったら、私が第三ラウンドを試みる根拠は他に明示し得ないからである。

本意ならずこれに触れた理由はこの一点のみ。他意はない。ご諒解賜りたい。

この際、ついでゆえ右のことにつき若干付言させて頂くと、日本全国区で誠に遺憾と思うことは、右に述べた様な事柄が今日の日本では、私が体験した福岡ほどではないにせよ、同市だけに限らなくなって来ているのではなかろうかということである。善意・志を持った人間が…繰り返すが、善意・志を持った人間であることが必須だが…お金儲け目的からではなく、純粋な愛の精神から、清水の舞台から飛び降りる様な思いで何かをせんとする時、それに何等かの形で係わる人達がそのチャレンジャーをしっかりと理解し、同情し、支援しなかったら、折角の善意・志の芽も育つことなく、枯れてしまうであろう。

どんな大木も、芽の時はみんな力弱い。今や天下のソニーだって、松下電器だって、創業期には何度倒産の危機に晒《さら》されたことか、皆さん良くご承知のとおりである。

〝善意・志〟で立とうとする、言わば質的側面に於いて優れる芽も、力…言わば量的側面ばかりに注目される土壌（世間）では、その殆どは無事育つまい。

私の場合は、私の意志が強かったからでもなく、また神の加護があったからでもなく、後述の様に私の神への愛・信仰が強かったがゆえに、二度の挫折にも拘わらず、二度が二度とも何とか打ち勝てたが、それは普通の人には求め得ないことであろう。
　僭越至極だが、普通の芽（無信仰の人）だったら、恐らく耐え得なかったであろう。同じ私でも若し仮に神への愛・信仰なかりせば、少なくとも二度目の挫折は乗り切れなかったと思う（当の本人が言うのだから、間違いない）。真の「信仰」とは…洗礼を受けている、いないに拘わらず、また日曜日に教会に行っている、いないに拘わらず、さほどに力強いものなのである。
　よって、普通の人から構成される社会にあっては、善意・志を持つことも、善意・志を持って立つことも共に大事だが、それを育てる苗床たる「世間」も又、それに負けず劣らず大事だと思う。双方共に恵まれて始めてこの世は旨く行く。現代日本に於いては、同市に限らず、そういう「世間」ではなくなっているところが多いのではなかろうか。そして、今後そういう傾向が益々顕著になって行きそうな気配なのを心底残念に思う。（敢えて、本意ならず、注釈を加え、条件を付し乍らも、福岡の悪さ加減に触れた理由は深層心理的にはこっちの方が強かったのかも知れないと思う）
　又、牧師や神父は〝自らが裁くな、自らが裁かなく共、神が裁かれる〟と言われるが、それは余りに消極的且つ他力本願過ぎはしないだろうか？　私は、傲慢《ごうまん》と写るかも知れないが、そうは考えない。キリスト者各人各人が真剣に神と対座して、一心に祈り乍ら、…己の魂と神の御心との合一を図り乍ら、…神の御心を探り、掴み且つそれを実践して始めて、この世にも神の御心が実現するのであって、仮令全員がキリスト者から構成される社会であっても（実際はそんな社会はあり得ないが）、全員が唯祈るだけで、自らは何もせず、総ては神がなさって下さる、助けて下さると考えたら、結局は神の御心はこの世では何一つ実現しないと思う。

神の御心を実践する者が居て始めて、神の御心はこの世に現れるのであって、神に唯祈っているだけでは、誰がどれだけ祈ろうと全く詮無い事と思う。アフリカがまだ近代医学の恩恵を受けていなかった頃、アフリカの黒人が祈ったから、神がシュバイツアー博士をそこに派遣され、助けられたのだろうか。違うであろう。そう考える人もあろうが、私はそうは考えない。シュバイツアー博士が神の御心を探り、それに従って実践されたから、アフリカの黒人は助かったのだ。神の御業《みわざ》は、博士の内に、心に働いたのだ。マザー・テレサの場合も、又然りと思う。

そして、神の御業が働くのはそうした偉人達だけではない。ここ10年から20年の間に、アフリカや東欧等で起った民族独立劇や革命劇に於いても、又然りと思う。即ち、それを成し遂げたリーダー並びに無数の市民の内に、心に、神の御業は働いたのだ。私も又、微力ではあるが、神の御心を実践する者でありたいと念じている。
だからこそ、聡《さと》い人から見れば、バカ極まる事をし、敬虔《けいけん》・謙遜な人からは傲慢極まると言われ乍ら、間違っていると思う事は、抑え乍らも、直言し、毒舌を振るって憚《はばか》らないのである。

私のシルバー・エイジの夢は……それも私のエゴ・欲望を中核にすえたものではなく、キザな様だが、「神の声」を第一義に実践したにも拘わらず、神の加護はついになかった。何ゆえに、……何ゆえに、神の加護もないのかと何度思ったことであろう。それもお金儲けをしようとした訳ではなく、お金儲けははなっから眼中になく、「お役に立ちたい」という願望だけで、それこそ誠心誠意、三年頑張って来たにも拘わらず、お金儲けだけを目的として営まれている塾が殆んどの中で、何ゆえに評価してもらえなかったのか、当地の親御さん達の鑑識眼のなさを嘆きもした。

然し、聖書に「神は、傷つけ、また癒される」という言葉がある。幾多の神への祈りの中から今回のことは神の与え給うた「試練」と思って（例え、優先順位は変更しても）、挑戦だけは続けよう、そう思い直している。

「神への帰依」を強調する意味では、〝神は、傷つけ、また癒される〟という先の聖書中の言葉を想起し、「強く生きる」ことに重点を置く意味では、第二次世界大戦中、ドイツ国外に於いてでなく、まさに危険極まりないドイツ国内に於いて、その危険を怖れず、ナチ抵抗運動に没頭されるも、ナチの毒牙に掛かって果てられたドイツのキリスト教神学者：D・ボンヘッファー博士の〝神なしに、神の前に、神と共に生きる〟という言葉（非クリスチャンの方々から見れば、訳の分からぬ、辻妻の合わぬ言葉の様に見えようが、クリスチャン…それも形だけ敬虔なクリスチャンではなく、真の意味で敬虔なクリスチャンなら、その言葉の中に凄まじいばかりの神への強い愛を見出される筈）を想起して頑張ろうと思う。

かてて加えて、自分で言うのも面映ゆいのだが、自分の為にではなく、他者の為にという目標の気高さ、純粋さ、稀有《けう》さに鑑《かんが》み、このままぽしゃらせては勿体ないとも思っている。（「楽しみたい」……つまり、趣味に生きるのもままならない日本人も多い中、「やってみたい」まして他者の為に「役立てたい」等という目標を掲げる日本人シルバー・エイジャーは極めて少ない筈ゆえ）

尤も、これで駄目だったら、その時はさすがにもう諦めようと思っているが（弱気の虫）、然し、一方で、今度こそきっと成功させずにおくものかとも思っている（強気の虫）。

最後に、何ゆえにそこまで子供の……それも自分の子供や孫ならぬ、他人様《ひとさま》の子供さん達の教育に執心するのかと不思議に思われるかも知れない。注意深くここ迄読み進まれた読者にはもう説明の要はないと思うが、敢えて繰り返すと、それは森本哲郎氏や司馬遼太郎氏同様、日本史上恐らく最悪と思われる現代日本人の悪さ加減から来ている。そして大げさな様だが、日本への……延いては日本人への深い愛に根ざしているのである。カール・ヤスパースの言う「愛ゆえの闘い」なのである。民主主義教育の両輪たる、〝個の確立〟と〝公共の精神の涵養《かんよう》〟の一方（後者）を欠く、間違った戦後教育（この跛行性《はこうせい》の是正が抜本改革の筈なのに、些末《さまつ》な対象療法に明け暮れているのが戦後の教育改革の歴史）を改めぬ限り、21世紀の日本の隆盛はないと私は考える。

短・中期的には、今のままでも、成功し続けるであろう。然し、自国さえ、自社さえ、自分さえ良ければ良いという現代日本人の悪弊を正さない限り、長期的に見た場合、森本氏の指摘される様に、ローマ帝国に滅ぼされたカルタゴの様に、欧米連合に（経済的に）殲滅《ぜんめつ》されるであろう。

そうならない為に、一刻も早く総《す》べての始まりたる、子供達への教育を改めなければならないと思うのである。然し、現実はそれへの一歩どころか、ごく一部の識者を除き、間違っているという認識すらない（特に、戦後教育を受けた人達に顕著）。教育、教育と言い乍ら、肝心要《かなめ》の「人」をつくらずして、干からびた知識、技術、要領ばかり教えて一体どれほどの効果があろう（それらが不必要だと言っているのではない。それらはそれらで

F学院構内

必要だが、それらばかりでは駄目だと言っているのである。それらよりもっと大事なものがあるだろうと言っているのである）。葉っぱばかり作っても、肝心要《かなめ》の幹を作らなければ、木にはならない。なぜ、今の親達は大勢に於いてこの程度のことさえ理解できないのであろうか？　彼等には教育的に見て親の資格はない。現代の子供達は、そうした親達の手から取り上げ、隔離して（全国的に全寮制でも敷いて）正しい教育を授ける必要があるとすら考える。ここまで悪くしてしまったからには、健全な姿に戻すのに、少なく共半世紀は掛かるのではないだろうか？（先生方の洗脳に10年、その先生方から子供達が健全な教育を受けて巣立つまで20年、健全な親として次世代の子供を教育する期間：20年）

とは言え、本問題は、私如き微力者が一人で、然も10年や20年程度の短期間、いかに努力したところで、焼け石に水とは十分承知してい乍ら、やらぬよりはましであろう……否、成否如何に拘わらず、やらずにはおれないというのが偽らぬ心境である。

教育がパーフェクトではなく共、今よりは良かった江戸時代や明治時代には、あれほど多くの素晴らしい人物を生んだ日本民族である（司馬さん他の歴史小説で、ご承知の通り）。教育さえ正されれば、又輝かしい未来が開けること必定である。

'99年6月末に福岡に於ける全事業を畳んで数ヵ月、福岡での三年を振り返ると同時に、これから先のシルバー・ライフの行方を模索すべく、ターニング・ポイントを迎えた時の常として今回も何回となく真剣に「神」と対坐し、黙想した。同時に、時間的余裕もできた為、「教育」そのものについても巾広く勉強し直した。

福岡での住まいは自分の持ち物ではなく借家だったが、たまたまこの借家が敷地に余裕があり（面積：約一〇〇坪）、家の前には私達夫婦のお気に入りの芝生を敷き詰めた庭（約五〇坪）があった。朝に夕に、この庭の手入れが私達夫婦の楽しい日課となっていた。水を打った後の葉末にキラッと光る水滴がもたらす清涼感、芝生を刈った後の自然感溢れる草の香など、今まで経験したことのない喜びのひと時であった。

また、近くに母校と同宗派の米キリスト教団が創立したF女学院があり、そこから聞こえて来る、授業の開始・終了を告げるチャイムのメロディが奇しくも母校のそれと酷似しており、大変懐かしく感じられたこと、放課後女生徒達が打ち合うテニス・ボールの音がポーンポーンと付近の家々にこだまして、いかにも文教地区らしい雰囲気を醸し出していたこと等が大変印象深かった。

それと、朝早く目が醒めた時など、緑多い同女学院の木立を目指して飛んで来るのか、家の周りでも数種類の小鳥達が欣然《きんぜん》として鳴き合う声が聞こえ、朝の清々しさと共にその日一日の活力を与えてくれた。そのうちには、ああ今朝も元気に来ているなと気がつくほど特徴ある鳴き声を発する小鳥達もいた。

「鳥」と言えば、大きな金属製の「鳥」のことにも触れなければならない。風向きによって(海風《うみかぜ》の時)、福岡国際空港へ着陸する、いろんな国の、いろんな会社の、いろんな機種の飛行機が、丁度我が家の真上を低空で左旋回し乍ら降りて行くのが良く見掛けられた。それらの飛行機を見あげていると、S社在職中海外弐拾数ヵ国への出張を始め、数多くそれらに乗り降りした日々が懐かしく思い出され、その騒音をうるさく感じる時もあったが、大概はこの古き良き時代の夢の配達人の飛来を楽しみにした。福岡へ引越して来た年の初夏の或る一日のことだったと思うが、先に紹介した芝生の上でバーベキューをした時のことである。亡くなった行儀者の母が、焼き肉を頬張り乍ら、丁度超低空で飛来した飛行機を見上げて、〃飛行機の中から見えるのではないかしら？〃と言った。私が〃見えたって いいじゃないの。下でバーベキューをやっているのを見下ろし乍ら、着陸するのもいいも んじゃないかな？〃などと話したことを思い出す。

そして、最後に、この家のことで特筆すべきことは、二階のベランダから眺める「日没」が殊《こと》の外美《はか》しかったことである。光彩陸離《こうさいりくり》たるひとときであった。良いことの少なかった福岡にあって、この家に居る時が心和《なご》む憩いの時であった。福岡に於ける「神」への祈りは、まさにこの二階のベランダから「日没」を眺め乍ら行ったものである。

イニシアル・プランを固めたのが、（エピローグで述べた）朝陽に輝くアラスカ・マッキンレーを機上から見下ろし乍らであったのに対し、「今回の見直し」は福岡の自宅のベランダから茜色に染まる夕焼け雲と真っ赤に燃えた夏の夕陽を見上げ乍らであった。その所為《せい》かイニシアル・プランに比し大筋に於いて大差はないが、目線が低く、肩の力が抜けた分、細部に僅差《きんさ》が出た様に思う。

イニシアル・プランに於ける、いわば高い目線の教育観も、高い理想も、地方都市の雄であり、一三〇万人という大人口を抱える「福岡」に於ける事業の理念としては、決して間違っていなかったと思うのだが、今度移る湯布院は温泉町としては全国的に名を馳せた町とは言え、所詮人口僅か一万人の田舎町である。ここに移った後も同じ教育観・理念で挑み続けるのはいかがなものかと思われた。従って、この数ヵ月、この一点に絞り込んで真剣に考え、祈った。

その結果、この間《かん》読み耽《ふけ》ったR・シュタイナー（ドイツ・シュタイナー学校創始者）の影響もあり、そして何よりもこの三年の間《かん》の「教養講座」を中心とする子供達との対話（その一部はこの著作の中にも織り込んである）を通じ、教育の対象としての子供達は何もトップ・レベルに（無論、それに越したことはないが）こだわる必要はないのではないかと思うに至った。中位というか、普通の子供達でも以外な反応を示してくれたし、みんな夫々に与えられた教材を肥やしにして成長してくれた様に思う。従って、湯布院に移って以後の第三ラウンドでは、目線をできるだけ低くし、肩の力も抜いて対処しようと思っている。

心を鎮めて第二ラウンドを振り返って見るに、反省点―①としては、絶対的にバツだった第一ラウンドとは異なり、第二ラウンドの結果は絶対的にバツだったのではないのではないかという気がしている。第一ラウンド同様、「借り物」ベースだった点がやはり足を引張った様に思えて来る。何となれば、借り物ベースゆえ当然のこと乍ら、賃借料が要る。賃借料が要るから、必須とは思っていない英語・数学等「実用学科授業」を加え、これで賃借料を賄《まかな》おうとする。そうするから、時間的負担が増し、他のことは何も出来ない程、忙殺される。従って、第二、第三の「たい」を実行する時間的余裕等なくなる。それでも充実感があれば良かったのだが、（第一ラウンド程ではないにせよ）忙殺される割に充実感がない、こんな状態は事前に思い描いたものとは甚だしく掛け離れているという思考過程を辿った訳である。そして、最終的に総《す》べては借り物ベースで展開したから、こうなったのだという結論に達する。尤も、それでは借り物ベースが絶対的に間違いだったかというと、一概にそうでもないと思う。何となれば、塾生の数が初年度は10人でも、二年度で20～30人に、三年度で40～50人にと増えれば、教師をもっと多く抱えることが出来、その結果私個人に掛かる時間的負担は軽減し、総《す》べては目論みどおり展開したと思うのだが、そうならなかったから借り物ベースだったことが仇となった訳である。うまく行く可能性がまるっきり無かった訳ではないのである。それだけに余計残念に思えて来るのである。

反省点―②としては、キリスト教・教義に則り、稔り・結果は極力期待しない様に……つまり、スタート時点で自ら念を押した様に、〝何をしたか〟ではなく、〝いかに生きたか〟に重点を置いて本事業は取り組もうと念じ乍ら、動機が動機だっただけに、また目的が目的だっただけに、知らず知らずのうちに、稔り・結果も気にした様に思う。この点は重々反省している。

尤も、それとても、つぎこんだ金額・労苦を思えば、当然と言えば当然と思うのだが、いずれももう過去のこと。今後はきっぱり水に流し、第三ラウンドでは右に述べたとおり、目線を低くし、肩の力を抜いて、自然体で取り組もうと思っている。それが出来るのも、ベースの家が今度は自分の持ち物なるがゆえ。有り難いことである。三度目の正直、今度こそうまくやれなかったら誠にもって申し訳ないと思う次第である。

この時期に四〇年来の親友に胸の中を吐露した手紙の控が残っていたので再三ゆえ少々気がひけるが次に紹介したいと思う。

拝啓　暦の上では立春を過ぎましたが、まだまだ寒い日が多い今日この頃です。尤も、暖かい日に庭の草むしり等をしていますと、枯れた芝生の中にみどりみどりしたたくましい雑草の姿を見出す様になって来ました。又、庭にやって来る雀達も心なしか動きが活発になって来たような気がします。春の訪れもさほど遠くないことを感じさせます。

さて、先達ては小生の寒中見舞に対する返信、有難う。失意の時の同情・励ましほど嬉しいものはありません。年賀状は何も格好をつけた訳ではありませんが、いかに真情とは言え、正月早々暗い挨拶状は憚《はばか》られた為、努めて明るく纏めました。然し、真情と余りにかけはなれている為、さすがに気がとがめ、一部の親友中の親友にだけは、真情を寒中見舞の形でフォローした次第です。

従って、あの寒中見舞は十通も出していません。少々損をしても大金を儲けた後だし、まだ二通の手紙を受け取ったのみです。然るに、今日現在、二本の電話と二通の手紙を受け取ったのみです。然るに、今日現在、二本の電してこれから別荘も建つのだし、世間一般から見たら、羨ましい限りだと見えるのかも知れません。又、前便も噛《か》みつく様な責め（前半）と意気軒昂《けんこう》な反攻の狼煙《のろし》（後半）と受け取られたのかも知れませんが、後向きの愚痴《ぐち》をこぼしたり、涙に浸されたセンチメンタルな感情を見せることを極度に嫌う私の気質がそうさせるところであって（そんなことは年来の友人・知人なら先刻ご承知の筈）、文面を通じ、これは失意も失意、相当な失意の情況にあるぞとは察して頂けなかったのでしょうか？　いかに金銭的に余裕のある私でも千万単位の損失は大きいですよ。いや、大きな損失でも、この事業はそもそもボランティア的に始めたことゆえ、損失自体は最初から或る程度覚悟していたことですから、構わないと言えば構わないのですが、それが元で事業が無事離陸してくれれば、私としては大満足だったのですが、福岡人の性向的特殊性のゆえに、そうならなかったことが、何とも無念でならないのです。事業を中断させたのは、直接的・形式的には、娘の交通事故遭遇ですが、実態はそれなくとも続けられてその年度の終わり……つまり、丁度今頃までの命だったのです。私はそう見通していました。だから、単に閉める時期が早まったに過ぎないのです。

儲ける、儲けないではないのです。この事業は私のシルバー人生の生き甲斐でした。勿論、一般的日本人と違い、「やりたい」ことも、「楽しみたい」ことも山ほどあります。然し、私はクリスチャンなるがゆえに、これまた一般的日本人と違い、これら二つだけでは充実した生は送れないのです。繰り返しますが、それに「役立てたい」が加わらなければ、私の〝生の充実〟はないのです。そう言うと、それ（＝「役立てたい」）も「たい」がつくから、欲望の一つじゃないか……つまりは、先の二つと合わせ、総べて欲望の固まりじゃないかという人もあるかも知れません。クリスチャンでさえ、そんな察しの悪いことを言う人もありました。情けない限りです。総べてに「たい」がつくからその様な錯覚に陥るのかも知れませんが、先の二つは確かに欲望（〝エロースの愛〟：奪う愛、上方への愛）ですが、最後の一つは、（勿論、欲望の変形の様なものも少しは含まれていますが）その中の主体をなすものは断じて欲望ではありません。愛の中でも最も崇高な愛たる〝アガペーの愛〟：与える愛、下方への愛です。欲望＝〝エロースの愛〟とは本質的に異なる愛、対極にある愛です。この愛こそ、この事業の底を流れる理念だったのです。

それを断たれたとあって、昨年（'99年）後半はまさに「もぬけのから」でした。湯布院の別荘づくりも、物持ちだが金銭欠乏症の私のこと、金銭的余裕なく当時は考えられませんでしたので、一時は途方にくれました。そんな中、秋頃でしたでしょうか？　失意に沈む私をさすがに見かねて、〝かくなった上は、私も協力する（＝お金を出す）から、湯布院の別荘づくりを急ぎましょう〟と言い出してくれ、その後たらずまいを銀行とハード・ネゴ（これは私の最も得意とするところ）の結果やっと引き出し、何とか別荘づくりも軌道に乗った次第でした。今度こそ結婚以来初めて心底妻に助けられたと思っています（経済的且つ精神的に）。つぎに、私が、（総《す》べてではないにせよ）日本人全般に憤りを感ずるのは、子育てをしている間はともかく、それが終わった後の余生まで、〝他者の為に〟という観点がまるっきりないことです。身体が弱いとか、経済的に余裕がないという人は除きましょう。然し、昨今そんな人はそんなに多くはないと思います。卑近な例としてクリスチャンと呼ばれている人達に例を取りましょう。〝私（イエス・キリスト）に向かって「主よ、主よ」と言う者がみな天国に入るのではなく、ただ天にいますわが父の御旨を行う者だけが入るのである〟という御言葉があるにも拘らず、一体何割……いや、何割という様な高率ではない。何％の人達が神の御旨をさぐり、それを実践しているでしょうか？（もう少し割合を上げてもらいたいものです）。日本の場合、クリスチャンでさえ、この有様ですから、一般的日本人の場合、推して量るべしというものでしょう。

そんな中で、とにもかくにもけなげに努力している私に向かって、やれスタンスが悪いの、やり方が悪いの、奢《おご》りがあるの、果ては自己満足ではないの？はないと思うのです（先の二通の手紙のうちの一つである、さるクリスチャンからの手紙）。

その御仁《ごじん》の言うところは、クリスチャンたる者〝先生は生徒によって生かされている〟と考えねばならぬと言うのです。そう考えられる人、そう考えたい人はそう考えたら良いでしょう。然し、そう考えねばならぬ筈はないと思います。大体、先生は生徒よりも、知識的にも、人間的にも、惑いは、その他殆どの面でも優れている筈。それをごく稀に生徒から学ぶところがあったからと言って、生徒によって生かされていると考えねばならぬ等と言うのは、まやかしであり、詭弁《きべん》だと思います。

先生が生徒より上位の意識で生徒に接して何が悪いのでしょうか？　全くもって理解に苦しむところです。ヨーロッパの諺「ノブレス・オブリージュ」は大間違いであり、とんでもないことと言うのでしょうか？　これは「高貴な者には義務がある」という意味ですが、ヨーロッパではこの諺がある為に、英国でも、フランスでも、ドイツでも、エリートがエリート意識の一つとしてこの思想・哲学を持ち合わせているから、どこかの国の官僚の様に卑しき悪事を働かないそうです。日本などはクリスチャニティまではいかなく共、せめてこの思想・哲学ぐらいは持ち合わせてもらいたいものです。先生に、生徒に対する優越感・奢《おご》りがあってはいけない等というのは重箱の隅をほじくる様なものです。神の御旨を実践してさえおれば、（多くては困るが）多少の優越感・奢《おご》りがあろうと、なかろうと、そんなことはどうでも良いことと思います。二〇世紀の良心とも、アフリカの聖者とも謳《うた》われたA・シュバイツァー博士の言動をとらえて、博士は〝人間はみな兄弟〟と仰ったが、ご自分を「兄」とし、我々黒人を「弟」として扱われたと批判した黒人がいた由ですが、これと同じ次元の批判でしょう。嘆かわしい限りです。

　又、私のボランタリー（ボランティア）活動に批判的な人は、私の活動は相手が見えないと言って非難します。然し、一体にボランタリー活動に対する一般的日本人の受け止め・解釈は〝相手が望んでいることを提供するもの〟という固定観念・先入観があり過ぎ、強過ぎはしないでしょうか。成程、それもボランタリー活動ではあります（私はそれを間違っているとは決して言いません）。然し、私はそういうパターン（ワン・パターン）だけではないと思うのです。それをマーケット・イン型と呼ぶとすれば、いわばプロダクト・アウト型もあると思うのです。つまり、後者は相手は見えないけれども、こういうものを必要としている人がきっと居ると信じて、或いはこういうものがあるべきである、否むしろ無くてはいけないという信念で行うタイプのものです。私が提供しようとするボランタリー活動はまさに後者の典型です。マーケット・イン型で対応しようとすれば、たまたまそのことに能力があれば良いが、そうでない場合は、思いだけが先行して空回りするのではないでしょうか。それも緊急の場合は、止むを得ないとしても、通常時には（普通は）むしろ後者のプロダクト・アウト型で対応すべきではないでしょうか。百歩譲って、少なく共プロダクト・アウト型もあるべきであるし、あって悪くはないと思うのです。それを頭から私がしているボランタリー活動はおかしいの、相手が見えないのと批判するのは、独断と偏見極まれりというものではないでしょうか。批判するにしても、タイプはどっちでも良いから、まず自分自身も活動を実践してからにしてもらいたいものです。実践もせずに、評論家然と私の活動はおかしいの、相手が見えないのと言うのは、失礼千万・無礼千万だと思うのですが、それがまた傲慢というものでしょうか。とまれ、ボランタリー活動というものは、単に右に述べたタイプの差だけでなく、肉体的なものに関することと精神的なものに関することとか、分析すればいろんな分け方が可能でしょう。それら様々な活動が混然一体となって競って営まれて始めて、バラエティにも富み、実力も備わった活動が期待出来ようというものです。

聖書中の御言葉に倣《なら》って他人を裁くことは自戒していると言う割には他人の批判が多過ぎると思っておられるかも知れませんね。然し、私のそれは宗教観から来る〝悲憤〟であって、決して単なる他人の批判ではないと思っています。ことのついでに、ここで、私の宗教観を少々ご披露しておきます。私は信仰の目的を〝安心立命《あんじんりゅうめい》〟とは思っていません。又、天国に入ることとも思っていません。（自らクリスチャンだと言い乍ら）天国があるということ自体も信じていません。

仮令《たとえ》天国があるとしても、そこへ入ることを望みはしません。地獄で結構と思っていますす（こういうことを平気で口にするから、教会から認められないのですが…。それでも私は一向に構いませんから。教会あってのキリスト教ではなく、キリスト教あっての教会と思っていますから。要は、いかなる時・場所にあってもイエス・キリストと共に生きて行こうとする強い意志があるかどうかだと思います）。

そもそも天国に入りたいから善行をする、或いはイエス・キリストが奇蹟を起こしたから信ずるでは、日本のいい加減な神道信者がお賽銭を投じて御利益を願うのと大差ないのではないでしょうか？〝天国に行ける、行けないに拘わらず善行をし、イエス・キリストが奇蹟を起こす、起こさないに拘わらず信ずる〟でないといけないのではないでしょうか？

そんな（あの世の）ことよりも、現世（この世）に於いて、いかに神の御旨を実践するか、いかに神に導かれて、強く、清く、正しく利他主義に生きるかということこそ最大命題だと思っています。

受け身に生きて、己の〝安心立命〟を得ることは然程《さほど》難しいことではないでしょう。然し、受け身に生きて、〝安心立命〟を得て、何程《なにほど》のことがありましょう。能動に生きれば、聖書中の御言葉にも場合によっては矛盾する場合も出て来るでしょう。そうなったとしても、大義に於いて合致しておれば、小義に於いて反していても良いのではないでしょうか？　大義とは攻めることです。実践することです。

修道僧の様に、他者との交わりを断ち、自己の内に篭《こ》もれば、些《いささ》かも御言葉に反することなく、生きられるでしょう。然し、それが神の御心に最も叶うことでしょうか？　私は些《いささ》かも叶っていないとは言いませんが、余り叶っているとも思いません。仮令《たとえ》、ガムシャラでも撃って出ること、アグレッシブに生きること、…つまり、仮令《たとえ》不完全であろう共、他者との交わりの中に生きることこそ、神の御心に最も叶うことと思っています。

〝イエス・キリストは敵の真っ只中で生活された。最後には、総べての弟子達からも見捨てられた。十字架上のイエスは犯罪人やあざ笑う者達に取巻かれ、全くの孤独であった。イエスがこの世に来られたのは神の敵に平安をもたらす為であった。このようにキリスト者も修道院の生活に隠遁《いんとん》すべきではなく、むしろ敵の真っ只中で生活すべきである。そこにキリスト者はその委任・仕事を持っている〟（D・ボンヘッファー）。

「三たい主義」そのものは変えないものの（この信念だけは、我が生ある限り、変えない積もりです）、福岡では①「役立てたい」、②「やってみたい」、③「楽しみたい」の順でしたが、湯布院では順番を逆にして、①「楽しみたい」、②「やってみたい」、③「役立てたい」の順にしようと思っています。

閉めた直後は、余りに福岡で受けたダメージが大きかった為、③の「役立てたい」は未来永劫カットしようかとも考えましたが、半年悶々と考え悩んだ末……いや、キリスト教的に言えば、懸命に〝祈った〟（神のご意志と己の魂の合一を図った）末、いやいやそうしたら、私の負け、福岡市人だけが日本人ではない。もう一度別な日本人相手に挑戦して見ようと思い直した次第です。

崩《くず》れんとする私を…挫《くじ》けんとする私を、ギリギリのところで支えて下さったのは、…救って下さったのは、今度もまたイエス・キリストでした。それも全能の神たる〝天地創造の神の子〟としてのイエス・キリストではなく、遠藤周作氏の言う〝ミゼラブルな神〟、D・ボンヘッファー博士の言う〝この世では力なかった神〟としてのイエス・キリストの十字架上の死（受難）を凝視した〝祈り〟を通してでした。

又、この時期若き日より敬愛して来たバッハの〝マタイ受難曲〟そしてモーツアルトの〝弦楽五重奏曲第五番（K五一六）〟と〝ピアノ協奏曲第二七番（K五九五）〟の何と身近に感じられたことでしょう。尤も、それら三曲なら誰の盤でも良かった訳ではありません。他の時期ならともかく、この時期は、…この時期だけは、順にマウエルスベルガー盤、アマデウスの旧盤、バックハウス盤でなければ聴けませんでした。彼等の盤で聴く限り、かける度にバッハの、モーツアルトの、それらの曲に託した心情が、…思念が熱い共感をもって追体験出来もしたし、高い次元で癒されもしました。殊の外バッハの〝マタイ受難曲〟の中でも第45曲から第48曲にかけての「ペテロの否《いな》みとその顛末」の場、とりわけ第47曲のソロ・バイオリンに伴われたアルトのアリアとモーツアルトの弦楽五重奏曲第五番（K５１６）第三楽章は何時《いっ》聴いても何度聴いても涙なくしては聴けませんでした。

前者は意志強く生きようと意を決して居乍らも、いざその場に臨むと恐怖に負けて師を裏切ってしまった意志弱き人＝ペテロ。然し、生きとし生けるもの、誰が彼を非難出来ましょうか。何となれば、意志が弱いのはペテロだけではない筈ですから。それは総べての人間について大なり小なり言えることではないでしょうか。

そういう意味では、ペテロは意志弱き生き物＝人間の象徴でもあると思います。マタイ受難曲・第47曲〝ペテロの悔悛〟は、同受難曲中最も深い曲、言い換えれば人間の心の最も深いところ…つまり信仰行為の深淵をこれ以上ない精妙にして情愛に満ちた音楽で以って表現したものと思います（ついでゆえ触れますが、私はマタイ受難曲を、彼の作品も含め総べての音楽作品の中で最も深い曲と思っています）。

本第47曲はペテロが〝悔悛〟という行為を通じて、神の恩恵を受ける成り行き（＝悔悛の秘蹟）を表現していると思います。よよと泣き崩れるペテロの千々に乱れた心を表すかの様な、そして聴く者の心に染み透る様な名旋律……特に、アルト独唱につけるソロ・バイオリンが聴く者の心を打ちます。それだけに、誰が、どの様に演奏しても良い訳ではなく、演奏者を選びますが…。

先にマウエルスベルガー盤を特に選んだのは演奏全体もさること乍ら、ここのバイオリン演奏も好演だからです（尤も、ここのバイオリン演奏だけなら、リヒター盤〈再録盤〉のG・ヘッツェルが最良と思いますが…）。

最後に、ここの歌詞をご参考迄に左に転載しておきます。歌詞からだけでも右の経緯《いきさつ》は汲《く》み取って頂けると思いますので…。

憐《あわ》れみたまえ、わが神よ、
したたり落つるわが涙のゆえに。
こを見たまえ、心も目も
汝の御前にいたく泣くなり。
憐れみたまえ、憐れみたまえ！

そして、後者は前二楽章も哀感・孤独感に浸されていますが、弱音器をつけた各楽器で奏される本楽章はそれが一段と深まります。重い足を引きずる様な、喘《あえ》ぐ様な、そして溜《た》め息をつく様な調べが連綿と展開されます。それは心は千々に乱れ、打ち拉《ひし》がれ乍らも、懸命に自らを勇気づけ、鼓舞している様でもあります。然し、やがて、それも力弱く消えて行きます。

そして、最後は彼の常たる、いかなる絶望の淵にあろうとも、その彼方に彼岸・天国を見る様な、夢見る様な調べに転調して終わります。正に泣き笑いです。涙を睫《まつげ》に溜めて無理して微笑《ほほえ》もうとしている風情《ふぜい》です。形而上的苦悶の彼方に彼岸・天国を見る…これぞイデアリスト・モーツアルトの本質だと思います。私は、ここをモーツアルトの最も本質的な曲の、最も本質的な楽章と思っています。

アマデウス・カルテットの旧録の演奏は、彼等の後年の恰幅《かっぷく》の大きい演奏と異なり、モーツアルトの作曲当時の心境もかくやと思わせる程、見事な演奏だと思います。名盤の誉れ高いブダペストQ盤も、スメタナQ盤も、私には前者は暗過ぎ且つ深過ぎる様に思われ、後者は（贅沢な注文乍ら）格調が高過ぎ、また哲学的過ぎる様に思われます。アマデウスQの旧盤は、私にとっては、〝知・情・意〟最もバランスのとれたベスト盤に思えます。

とまれ、これまでの生涯で、この時期ほど、つまされてこれら三曲を聴いたことはありません。音楽の持つ親密であり乍らも深く且つ強い側面を体験させてもらいました。苛酷な運命《さだめ》に呻吟《しんぎん》し乍らも、最後は克服への道に導いてくれる両者ではありますが、宗教的に導くのがバッハであり、哲学的に導くのがモーツアルトと言えましょうか。本当に落ち込んだ時に、…絶望の淵に沈んだ時に必要な音楽とは、〝メサイヤ〟（ヘンデル）や〝第九〟（ベートーベン）や〝指環〟（ワーグナー）などではなく、まさに右の三曲の様な曲なのだろうなと、（少なく共）私には思われたことでした。

最後に本当に偉大なクリスチャン（例えば、A・シュバイツァー博士やマザー・テレサの様な人）なら、仮令《たとえ》福岡市人が前述の様な人達であったとしても、又何年裏切られ続けたとしても、この地から逃げず、この地に留まり、何年も戦い続けられるでしょう。

然し、私は、正直に白状しますが、徒労な努力と分り乍ら、その徒労な努力を何年も続けられる程、強くはありません。然し、仮令《たとえ》そうではあっても、然も「できる範囲内で精一杯、他者の為に生きる」程度ではあっても、全然そういう視点のない人、全然実践しない人よりは余程ましでしょう。一人よがりの自己満足でしょうか？

因みに、ここで言う「出来る範囲内で」とは「自らに何ら犠牲を強いない範囲内で」という様な生ぬるい意味で言っているのではありません。「自らの知力・体力・財力で出来得る最上限で」という意味で、それ相応に自らに犠牲を強いるものです。（他人の目からどう見えていようと、自らの判定で）犠牲を強いてやっていなければ、この世で最高に価値ある〝生〟、最も崇高な〝生〟、すなわち「愛にどっぷりと浸された〝生〟」を生きているとは言えないと思っています。

又、聖書も「意志強く且つ忍耐強く、一事をなせ」と説く一面、有名なタラントの例えの様に、「知恵を働かせ、工夫を凝らせ」とも説いています。「強い意志、強い忍耐と同時に、見極めも大事」と説いてます。よって、ここは後者に則って、二回立て続けに失敗した後だけれども、意志強く、忍耐強くもう一回やって見ようと思い直したのです。但し、試みる場所はもう福岡はあり得ません。福岡は見極めたのです。福岡はもう期待可能性は全くないと。

又、その程度でも私が金持ちだから出来ることと仰る人がありますす（私はちっとも金持ちとは思っていませんが）。然し、金持ちだったら出来るのでしょうか？　私が偉大ではないにしろ、並みの口先だけの人達に比べれば、（汗顔の至り乍ら）意志強く実行力のある人間だから出来るのであって、金持ちだから出来るのではないと思います。その証拠に私よりお金持ちの人はいくらでもおられます。然し、その人達が総《す》べて些《いささ》かでも他者の為に尽力されているでしょうか？

それでは末筆ながら、大分暖かくなって来たとは言え、まだまだ時ならぬ寒さが襲うことがあります。お身体大切に！

敬具

本章を終えるに当たり、ここで是非以下のことを付け加えておきたい。

ここまで読み進まれた読者の皆さんの多くは、タイトルにふさわしく、もっと飄々と、軽妙に、そして日本のインテリ層に古来脈々と流れる至高の境地たる〝達観〟の境地で以って書けなかったものかと思われているのではなかろうか。

確かにそう書こうと思えば、私だって書けなくはなかった。後続の二つの章がそのことを裏付けていると思うし、今後本書の続篇を書くような機会があれば、そのスタンスで書くであろう。然し、私は、本書のここまでは（第一二章までは）敢えて、そのスタンスをとりたくなかったのである。敢えて、噛みつく様な、火の出る様な、批判的且つ攻撃的スタンスで書きたかったのである。

多くの読者を得ることよりも（多くの読者は要らないというのではないが）、本心をストレートに語ることに重点を置いて書きたかったのである。そうでなければ、（私にとって）本書の存在意義はないと考えたのである。読者の皆さんにとっては、決して読み易くはなかったと思うが、意のあるところをお汲み取り頂き、ご諒解を賜りたい。

第一三章　湯布院での再挑戦

今回の〝余生は九州で〟との決断は間違いばかりではなかった。終《つい》の住処《すみか》を「九州」に求めたこと自体は、同じくこの三年間の実体験で大正解であったと思っている。並みの景観ではない国際級の景観、温暖な気候、安価な割に質の高い衣・食・住、そして明るく朴訥《ぼくとつ》で、人情厚く世話好きな人達……これが本来の九州人の気質の筈……こっちは福岡と違って何一つ不足はない。この点は弐拾数年前乍ら、自分自身の目で確かめていたので、さすがに読み間違いはなかった。従って、「居所」を弐拾数年前に一度住んだことがある為、勝手も分かっており、その上いわゆる肌も合うことを確認済みの大分県に…厳密に言えば湯布院町（尤も同町に住むのは初めてだが）に移すこととした次第である。

　そもそも今回の試みは、すでに述べたように、私が五〇歳を過ぎた頃から考え始め、退職直前にシルバー・エイジは「三たい主義」（＝①役立てたい、②やってみたい、③楽しみたい）で生きようという構想を固めた。シルバー・エイジの夢とはそれの実現に他ならないが、この度福岡で潰《つい》えたのはその第一の「たい」……つまり「役立てたい」という願望だった。後の二つは別に福岡でも実現不可能な訳ではないのだが、私がクリスチャンとして、願望の第一順位に位置付ける「役立てたい」が叶えられないところに、いくら第二、第三の「たい」が叶えられるからと言って、そこに居続ける心境にはなれないのである。私の様な人間にとっては、いくら「やりたい」ことがやれ、「楽しみたい」ことが楽しめても、「お役に立て」なければ、〝生の充実〟はないのである。そういう訳で、そもそもは別荘地として確保しておいた湯布院の土地乍ら、かくなったからには、これを利用して……ここは西の軽井沢と言われるだけあって、私の様に大阪或いは東京方面から移住して来る人も多いと聞くし、地の人・湯布院の方々には大分県人気質を期待して、最後の夢の実現を懸けてみようと思い立った次第である。

イニシアル・プランでは七〇歳前後、情況が余程好転しても、六五歳近辺と予想していた湯布院の別荘の完成時期が、思いも掛けず、六〇歳の夏に早まった。その早まった理由を思えば嬉しいような、残念なような誠に複雑な心境である（理由の説明は、ここまで読み進んで来られた読者には不要であろう）。別荘完成時期が早まった裏の事情をくよくよ考えても詮《せん》ないこと、今後はひたすらプラス思考で先に突き進もうと思う。言い換えれば、禍転じて福となったと思うようにしようと思う。

転宅前の残り少ない福岡での日々、努めて平常心で来し方、行く末を考えてみると老境の人生哲学としての「三たい主義」は、第一義：「楽しみたい」、第二義：「やってみたい」、

とりわけ気に入っている九重連峰界隈

第三義：「役立てたい」と考えるのが最も妥当なところ……精々頑張っても、三つバランス良く実践する程度が適当だったのだろう。私の福岡に於ける逆の順番での実践はいかにも肩に力が入り過ぎていたと思う。自分でもそのことには気づきながらも、借り物での事業展開だったゆえ、月々出費が伴うものだから、出来るだけ早く立ち上げ且つ軌道に乗せたいという思いから、ついついこうなったまでのことである。軌道にさえ乗れば、福岡でも第二段階では三つバランスをとり、第三段階では湯布院案の順番にしようとは思っていたのである。

然るに、そこまで行き着く前に、アクセルを踏みっぱなしの状態で空中分解してしまった訳である。（空中分解の原因が焦った所為

我が別荘のログ・ハウス

ではないが）今後は設備も講師も自前ゆえ、何事も肩の力を抜き、努めて平常心で事に当たろうと思っている。という訳で、以下の湯布院での構想は、その順でご紹介することとする。

1）「楽しみたい」こと

①アウト・ドア ライフ

湯布院を選んだ第一の理由は、その日本離れしたと言うか、国際級のと言うか、太古からの火山活動で形成された厳しくも優しい、素晴らしい景観である。

とりわけ気に入っている九重の山並みを愛車のヴォルクス・ワーゲン〝ゴルフ〟に、これ又愛用のコールマンのアウト・ドア用品を積み込んで、春に夏に秋

自慢のオーディオセット

に、慈しむ様に存分に走り廻り且つ自らの足で歩き廻りたいものと思っている。弐拾数年前にも親しんだこの地であるが、旧交を暖めるかの様に、そして今度は焦らず慌てず終生じっくりと愛《め》でたいものと思っている。

50歳前に10年近くハマッタ「尾瀬」に代えて、九州の尾瀬「坊がつる」散策を殊のほか楽しみにしている。

②オーディオ・ライフ

別荘の建物にはログ・ハウスを選んだが、その選定理由は外観・住み心地もあるが、何と言ってもその音響効果を期待してのことであった（オーディオ・ルームは24畳の吹抜付）。今まで40年余、オ

お気に入りのレンヂ・ファインダー型

ーディオには随分凝って来たが、コンクリート系にしろ、木造系にしろ、満足のいく音響効果はついぞ得られずに来た（面積・体積的に狭く・小さかった所為《せい》もあろう）。オーディオ装置の方はほぼ最上のものと思われるものを揃えているので、その効果のほどが楽しみである。オーディオ装置のライン・アップは下記のとおり。

スピーカー：英国・タンノイ社製カンタベリー15

アンプ：上杉研究所製管球式6CA7PP（三結）

カートリッヂ：デンマーク・オルトフォン社製MC型（SPU ReferenceA）

〜アナログ党につきデジタルには全力投球せず〜

母校・神学部

③カメラ・ライフ

私の趣味の中では最もキャリアの浅いものであるが、ここ10年掛けてハード（機械）の選定は終えた。今後は作品作りの番と思っている。九重の山野を被写体に、テーマを定め、数年掛けて作品作りに挑みたいと思っている。

愛機の顔ぶれは（自慢する程のものではないが）左記のとおりである。

レンヂ・ファインダー型……ミノルタCLE＋ライカ28㎜、40㎜、90㎜レンズ
一眼レフ型……ライカR－7＋ライカ28－70㎜、80－200㎜ズーム・レンズ

2）「やってみたい」こと

“熟塾”例会風景

イニシアル・プランと大差ないが、ジャンル的には宗教・哲学・文学・音楽・映画等である。「宗教」に関しては、母校又は西南学院大神学部の聴講と独学にてキリスト教学とキリスト教神学を修めたいと思っている。

「哲学」は従前どおり、独学にて続行。

「文学」は全般的に未読破のものを読んでいく積りなるも、弱い中国ものを集中的に修めたいと思っている。

「音楽」と「映画」については、双方共に厳しく見ても80点、甘く見れば90点は取れる段階まで修得していると思うので、今後は余り精力的には攻めないこととする。

　尚、六〇の手習い乍ら、その中のいずれかで学位にチャレンジしたいものと思っている。

3）「役立てたい」こと

これについては、もう説明は不要であろうが、ポイントのみ再掲する。湯布院でも、福岡でやったことは原則総べて、望まれれば又実行する積りである。唯、今度の家は自分の家ゆえ、月々出費（賃借料）を伴う訳ではないので、じっくり見極めて少しずつ実践していく積りである。

大まかな構想を二・三ご紹介すれば‥

福岡でのジュニア向け事業の中核（コア部分）だった「実用学科教育」と「音楽教室」は動機・理念はともかく、やったことの八、九割方は他所と変わるところはなかったことではあり、当面は両者共に取り上げないこととし、ニーズがあり、望まれれば検討するというに留めたいと思っている。順番が後先になったが、必ず手掛けたいと思っているのは、ジュニア向けとしては福岡での塾事業ではサブ的存在でしかなかった（然し、本音はコアだった）「教養講座」（月一回開催）とシニア向けとしては、教養文化倶楽部（月二回開催）である。福岡でのコア部分の「実用学科教育」をペンドとし乍ら、サブ部分の「教養講座」を必ず手掛けることとしたのは、後者こそ我が塾を他塾と峻別するものと思うからである。

焦眉の急なのは、日本の明日を担う子供達への教育であるが、現成人中の大半も（既述のとおり）片翼を欠いているという意味に於いて、史上最低の戦後教育を受けて育った人達であり、（厳しく見れば、それ以前の教育も明治以降は同傾向ゆえ、いま現在〝生〟を受けている総べての人達の受けた教育は大なり小なり跛行性《はこうせい》が認められる為）、成人も即合格という訳には参らぬのである。それを補う意味も持つ社会（生涯）教育も、その法的裏付けたる「社会教育法」に言う〝基本理念〟がしっかりと見据えられているのは、都会地と都道府県庁所在地ぐらいなものである。

　生涯教育の主体をなす公民館活動も、地方に於いては盆栽、大正琴、ダンス等という様な趣味的なものばかりである。それがあっては駄目だとまでは言わないが、少なく共それらばかりでは駄目である。そういう実態を県・市・町の担当部・課の人達に指摘しても、県・市・町民の皆さんが望まないことはやれないと言う。

　少々古いが昭和56年に纏められた中教審答申を見ても、〝生涯教育の必要性は、各人が自己の体験を通じて自ら認識していくべきものであるが、行政施策の面からも、国民の理解を深めていく努力が必要である〟と指摘されているとおり、県・市・町民を啓蒙して各人の自発的な学習意欲を高めていくのが、担当地方公務員の務めであろう。

　然るに、（多くの県・市・町を回った訳ではないが）一県・一五市町を回った結果では、その気概・意気たるや全くもってダルである。生涯教育宣言都市という垂れ幕や広告塔を建てるだけが任務ではないだろう。講習会を持ったり、チラシやパンフレットを撒いたりして、各人の関心を高める任務があると思うのだが、その様な活動はとんと見受けない。これでは駄目である。生涯教育も、学校教育同様、戦前の社会教育の悪弊を忌避するの余り、行政サイドからの国民の理解・関心を高める努力が（全くと言っていい程）不足している。

私の主宰する「熟塾」活動は、右の様な認識に立って、それを補完する目的を持って、創設・運営して行こうと思っている。

尤も、湯布院での第三ラウンドも、人口一三〇万人の福岡で駄目だったものが、いかに都会からの流入組が多いとは言え、たかが人口一万人の湯布院で大盛況になるとはとても考えられない。従って、ここ湯布院で得た実り部分を（私の文才が問われるところ乍ら）今回の様に文筆で以って日本全土に発信することを模索したいと思っている。

湯布院に移って約半年、そして私の最後の挑戦となると思われる湯布院に於ける社会貢献活動開始に先立つこと四ヵ月、時に西暦二〇〇一年……この記念すべき新千年期の最初の年の賀状に、湯布院に移って約半年の感懐並びに最後の挑戦を前にした期待感・決意が良く現れていると思われるので、つぎに引用する

新年おめでとうございます

さて、早速乍ら恒例の賀状を借りた近況報告をさせて頂きます。

まずは、昨年の夏の盛りに湯布院に引っ越して約半年、当地の住み心地は前居住地とは打って変わって、住民の気質・景観のすばらしさ共に予想どおり……いや、予想以上にて大満足致しております。自宅のデッキからそして〝やまなみハイ・ウェイ〟を疾駆し乍ら眺める九重連峰の景観は誠にもって素晴らしく、まさに阿蘇くじゅう国立公園の真っ只中に住まわせて貰っているという実感がします。我が家の標高が七〇〇m強につき、これから本番を迎える真冬の寒さが未経験の為、少々これのみが心配ですが、これさえ大したことなければ、四季を通じて当地に居住……つまり、再び関西を離れ完全に湯布院に移り住もうかと思っていま

す。

つぎに、ご承知のとおり、余生の生き甲斐として、福岡にてスタートさせた「社会貢献活動」を娘の不測の交通事故遭遇のため、一時休止しておりました（一年半お休みしたことになります）が、その後お陰様で娘の怪我も回復しましたので、昨春今後の我々の余生を過ごす舞台となる湯布院の新しい家の建築に取り掛かり、右記のとおり、夏の盛りに竣工と同時に湯布院に移って参りました。目下恵まれた自然の中で鋭気を養い乍ら、来春からの「社会貢献活動」再開の準備を致しております。福岡では子供向けの〈学習塾〉から手をつけましたが、ここ湯布院では子供向けの〈塾〉は、最も我々の塾らしい部分は実学部分（英・数・国・社・理）を除く、教養部分との認識に立ち、後者のみにしようと思っていますので、現在世に跋扈《ばっこ》している塾は受験目的のみの予備校的な塾ばかりですから、余程うまく説明し、十分根回しして掛からないと、それこそ一人の生徒も集まらない恐れがありますので、これは後回しにして、大人向けの塾＝教養文化倶楽部（※）からスタートさせることにしています。幸い、小さな町の割には住民の向上心、向学心も旺盛なことが分かりましたので、楽しみにしております。

それでは、末筆乍ら貴家の皆様のご多幸をお祈りします。

二〇〇一年　元旦

※開塾後間もなくではあるけれども、五月時点でもう福岡の最後のレベルを質・量共に越えた。そして、夏には会員数は二桁に達した。読みどおりの幸先の良い幕開けである。

尤も、初回例会は予想どおり僅か二名でのスタートであった。この時点では、（予想どおり）此処《ここ》もこれから苦労するわいと思った。然し、そこからが前住地と違った。この二名から会員数は瞬く間に芋蔓式に増えた。友人・知人に紹介して下さったのである。此処《ここ》ほどではないにせよ、日本社会も普通まだこうした良さを持ち続けている所も多い筈である。

先に読みどおりと書いたのは、そこのところのことである。私の善意・志も並みではないが、此処の地元の皆さんのご支援（善意・親切）も並みではなかった。これでこそ、この世は旨くいくと思うのである。此処《ここ》では、いまのところ、ほぼ理想の展開を見せている。有り難いことである。今の状態がいつまでも続くことを祈るばかりである。日本もまだ捨てたものではないと感ずる。

“やまなみハイウェイ”入口風景

湯布院構想の記述を終えるに当たり、ここで一つだけ是非共つけ加えておきたいことがある。「永住の地」候補には三ヵ所あったことは第一章ですでに述べた。その三候補地の中から、九州を選んだことも第三章で触れた。然し、九州は九州でも数ある景勝地の中から何故に湯布院を選んだかについてはまだ十分には触れていなかった。よって、遅れ馳せ乍らここで湯布院への私の思いのたけを存分に書き記しておきたいと思う。一言で言えば、私の在籍企業・大分工場勤務時代に湯布院を含む、いわゆる〝やまなみハイウェイ〟(以下〝ハイウェイ〟と略称する)一帯を何回も訪れ、いつもいたく感激したからということになるのだが、これではいかにも粗略《そりゃく》の誹《そしり》を免れない。もう少し具体的に次の5スポット(地点)につきご紹介したい。いずれも、別府から阿蘇に至る〝ハイ

スポット①　狭霧台から望む湯布院の街

ウェイ〟中にあるのだが、北から順にご紹介していくこととする。

感激スポットの第一は、別府から湯布院に入る峠（狭霧台《さぎりだい》）から見た湯布院の全景である。〝ハイウェイ〟を別府方面から湯布院に向かうと、城島高原《きじまこうげん》というところを過ぎ、湯布院の主峰・由布岳の麓を通過すると間もなく、前方がいっきに開け、湯布院の全景が眼に飛び込んで来る。この辺り一帯を土地の人は「狭霧台」と呼ぶ。山が両側から迫って狭く、そこに湯布院名物の霧がたちこめるところからこういう名前がついたのであろう。

とまれ、湯布院との出会いは大概の場合ここから始まる。私の場合もご他聞に洩れず、やはりここから始まった。その初めての出会いは約25年前のことなのだが、今も鮮明に記憶に残っている。ス

スポット② 蛇越峠から見る由布岳と湯布院の街

ケール感のある〃やまなみ〃の中では、さほど広大な景観ではないのだが、それだけに何か親しみを感じさせる、明るい山あいの村といった第一印象であった。然し、その時は約25年後この村に住むことになろうとは、つゆ思わなかった。

感激スポットの第二は、湯布院から阿蘇方面へ向かう〃ハイウェイ〃の途中にある「蛇越峠《じゃこしとうげ》」(湯布院のはずれにある)から振り返り見る湯布院の全景である。前頁にご紹介した湯布院の全景と全景に変わりはないのだが、丁度反対側から見る全景ということになる訳である。然し、単に湯布院を東から見るか、西から見るかの違いだけでなく、西からの……つまり、蛇越峠からのアングルには、東からは見えなかったものが見える点が大きな違いなのである。余り焦《じ》らさずにさっと申し上げよう。西から見ると、湯布院の主峰・由布

スポット③　牧戸峠手前から湯布院方面を望む

岳が湯布院の街のバック（背景）にはいるのである。由布岳が一つ入るか入らないかで全体の感じが大きく違って来るから景観とは異なもの、味なものである。蛇越峠から見る湯布院の全景には私は厳しさと広がり感が加わる様に思う。これも又、絶景かな！　絶景かな！　といったところである。因みに、そういう理由で本スポットはカメラマン垂涎《すいぜん》の場所となっている。

感激スポットの第三は〝ハイウェイ〟を再び阿蘇方面に南下すると、筑後川の源流に当たる飯田《はんだ》高原を過ぎると程なく、九重《くじゅう》連山への登山口の一つにして〝ハイウェイ〟中の最高地点たる「牧《まき》の戸《と》峠《とうげ》」に差し掛かるが、この峠に差し掛かるほんの少し手前辺りから振り返り見る湯布院方面の遠景である。

（ここまでハイウェイを北から南に向かってご紹

介して来たので、ここも〝ハイウェイを南下し乍ら、牧の戸峠少し手前から振り返り見ると〟とご紹介したが、本当はここは…スポット第一・第二は南行き、北行きに関係なく素晴らしく、スポット第四・第五はここでのご紹介どおり、南行きの方が素晴らしいが…ここスポット第三だけは南から北に向かった時の方が素晴らしい）

黄昏《たそがれ》どき、夜も宵《よい》の口だったら一層素晴らしい。暮れ泥《なず》む雄大な自然の中に、遠くで瞬《またた》く様な村の灯が何と暖かく感じられたことか！　私はなぜか、このスポットからの夜景を見ると、眼の奥がじ～んとして来、瞬く灯がいつも滲んで見えるのだった。私事に亘ることで恐縮だが、その二、三年前に南米大陸で体験したことが重なり合い、誠にもって印象深かったことを思い出す。

その体験とは、南米大陸の主要都市は大概高地にある為、都市から都市へ移動する場合、山の尾根を走ることとなる。従って、夜間移動する場合、遠くに点滅する街の灯を見乍ら走ることとなるが、そのロマンティックなことったらなかった。このスポットから見る湯布院方面の夜景は遠い南米の高地の景観・風情を彷彿《ほうふつ》とさせるのである。

又、暗闇の中に瞬く山間《やまあい》の灯は、懐かしい故郷の灯の様にも感じられた。その灯は恰《あたか》もおいでおいでをしている様でもあった。私はその手招きに誘われる様に湯布院に移住して来た様な気もする。私にとっては案外このスポットの印象が最も強い吸引力を発揮してく

スポット④　牧戸峠途中から見る瀬本高原

れたのかも知れないなとも思う。

感激スポットの第四は、〝ハイウェイ〟中の最高地点・牧の戸峠を阿蘇方面へ越えたところから見下ろす「瀬の本高原」のスケール感溢れる佇《たたず》まいである。瀬の本高原のほぼ中央部に〝ハイウェイ〟と広瀬淡窓の咸宜園《かんぎえん》で有名な〝日田〟から滝廉太郎の荒城の月で有名な〝竹田〟に抜ける道路（R442）とが交わる十字路がある。その十字路地点に、真っ赤な屋根の「三愛レストハウス」がある。このレストハウスの赤い屋根を、牧の戸峠を下り乍ら見下ろした時の感激は、今でもまるで昨日のことの様に鮮烈に思い出す。緑一色のだだっ広い草原の真っ只中に赤い屋根がポツンと鎮座する風景は誠にもって広大で、且つロマンティックであった。この赤い屋根一つあるかないかで、ここの風景の感じは一変すると思う。又、赤い屋

スポット⑤　城山展望所から望む阿蘇全容

根がいくつもあっても感じは違って来ると思う。一つだけなのが良い。ここの風景はいつまでもこうであって欲しい。
　感激スポットの第五は〝ハイウェイ〟を瀬の本高原から更に南下すると、阿蘇を大きく取り巻く外輪山の崖っぷちに建つ茶屋「城山展望所」の前に差し掛かるが、ここから眺める阿蘇五山の全容である。阿蘇は世界最大のカルデラ火山の由だが、ここから眺める阿蘇五山の偉容はまさにその感を深くする。火山の景観としては、これを上回るものは日本にはなかろう。竹田から熊本に向かう国道57号線から見る阿蘇も素晴らしいが、阿蘇の壮観は何と言っても外輪山の〝ハイウェイ〟からのものだと私は思う。

いずれの景観もまるで昨日見て来たばかりの様

に新鮮且つ強烈に思い出される。それらが今後終生私のアウト・ドア ライフの舞台となるかと思うと、思うだけで充足感に浸される。今こうして私の長年の願いが漸く叶えられたのである。私のような懐疑派のクリスチャンでも神の癒しと恵みを思わずにはいられない。夢が叶った時、真っ先に想起されたのは、〝神は傷つけ、また癒される〟という聖句であった。神の癒しと恵みに感謝する意味でも、湯布院の社会貢献活動は何としても立ち上げを成功させ、短く共10年、出来れば20年は続けたいと思っている。

エピローグ　妻への謝意

形の上で福岡に於ける私のシルバー・ライフの「夢」の息の根を止めたのは、先にも触れたように、他ならぬ君の言葉だった。然し、それは形の上だけのこと。仮令《たとえ》、あの時、君のあの言葉がなく共、私は少し時間を掛けて同じ結論を下しただろう。その答えを引き出す為にほんの少し時間が掛かっただけのことだろう。それどころか、完全撤退の直接の原因となった娘の事故すらなかったとしても、その決定的瞬間が少し延びただけで、同じ結果になった様な気がする（その理由はもう述べた）。

それはともあれ、今回のことでは心底君に感謝している。のつけからして、経済的に少々余裕があるからと言って、亭主が30年余働いて得た退職金を叩《はた》いて、自分の夢の実現の為とは言え、〝他者への愛〟に生きるのを許す妻はそうざらには居ないと思う。私は幸せ者だ。君のこの承諾がなければ、どだい今回の試みは陽の目を見るべくもなかったのだから。そのことだけでも心底感謝している。

その後も、事業の立ち上げの真っ只中で、母を失ったが、それでなくとも不足勝ちだった母への、ターミナル・ケアを、忙しい中で君だけでも全うしてくれたことが、事業のことばかりにかまけ、母へのケアなど日頃ほとんど頭の中になかった私の後悔の念を、事後どれだけ減じてくれたことか。君の尽力がもしなかったら、私の自責の念は一層激しいものとなっただろう。そういう意味でも心底君に感謝している。

　母のことに関しては、最後だけではない。結婚して以来、単身赴任や出張等で、サラリーマン・ライフの凡そ半分は自宅に居なかった私の分まで、終始本当に良く母に尽くしてくれたと思う。感謝にたえない。母も、私同様、幸せ者だったと思う。

　加えて事業関係では、通常授業だけでなく、雨のサマー・キャンプで雨中ずぶ濡れになって走り回ってくれたこと、自宅庭先でのバーベキュー・パーティに於ける奮闘、また不慣れなビラ配りや接客で見せてくれた君の頑張りには、一部始終一番近くで見ていた私には涙が出るほど嬉しく思われたことであった。夫婦間の愛情は今回の共働の体験によって一層深められ、盤石のものとなったと確信している。

　そして、最後に、娘の事故に伴う完全撤退後、シルバー・ライフの夢を絶たれ失意に沈む私を見兼ね、今度こそ最後の試みと思われる湯布院構想へのお膳立てを整えてくれた君の明察、そして何よりも私への愛に心底より深謝して筆を擱《お》きたい。

　クリスチャンの私がこういう言葉で終わるのは、本来おかしいのだが、君がブッディストだから敢えてこの言葉で終わる。……「合掌！」

（完）

あとがき

過日、六二回目の誕生日を迎えたのを機に来し方を振り返って見た。二八歳の時、終生の伴侶を得、三〇歳前後で子供を与えられ、その後約二〇年を経て、その子供達が一人立ちしていくまでの子育てもつつがなく終え、私達夫婦にはやっと自分達だけの為に〈自由〉に出来る余生が残された訳である。

そういう意味では、これをどう使おうと私達夫婦の全くの〈自由〉である。勝手である。然し、〈自由〉であり、勝手であるが故に、余計考えさせられたのである。定年を迎えるまでは、そんな〈自由〉はなかった。（お袋さんも存命だったし）お袋さんを含めた家族の為に、唯ひたすら働かねばならなかった。然るに、この時に至って生まれて初めて、自覚して〈自由〉に生きられる人生を得たのである。然るが故に却って深く考えさせられたのである。即ち、それをどう使うべきか、どう生きるべきかと。それは又、今まで培って来た、私だけにしかない人生の生き方（＝人生観・人生哲学）に直《じか》に係わることでもあった。

特に、ここ一〇年間の思考・行動を顧みると、それは古代ギリシャの哲人・エピキュロスの〝いかに生きるかは、いかに死ぬかと同じである〟という言葉を地で行っているなと思う。五〇歳前後を境に人生に対する姿勢（思考の基準）が一変したなと思う。つまり、人生哲学が固まった三〇歳以降はいくつの時も、神の御旨を探り乍ら生きたことに変わりはないが、見方を変えれば、それ（五〇歳）以前の「揺籃《ゆりかご》」からスタートする思考が、それ以後「墓場」からスタートする、言い変えれば、「墓場」から逆算する思考に一八〇度転換したなと思う。

人生八五年時代の現代では通常〈死〉など誰にとっても実際は随分と先のことだが、私は早々と己の〈死〉の時（正確にはいつかはもちろん予測出来ていないが、仮に勝手に早めに定めた）をはたと凝視し、しっかり意識して、己の〈死〉の時から逆算して我がシルバー人生計画は立案したのだ。そうでなければ、この様な案にはならなかったと思う。

私だってまだまだお金が欲しい。海外旅行だって行きたい。オーディオ機器だってもっともっと珍しいものを買って試してみたい。欲望は渦巻いている。然し、それを野放しにしていては、棺桶に足を入れる時に、自らの生き方に満足しては入れない。そう考えたのである。今こそ人生最大のターニング・ポイントだと気づいたのである。総べては棺桶に入る時に、満足して入れる様にと考えたのである。その為には今後をどの様に生きなければならないか、生きるべきかという視点・視座で考えたのである。

他人の目にはどう映っているかは分からぬが、この一〇年を振り返って見て、私の目には、我乍ら良く考え、欲望を良く抑え、自らの信ずるところを良く実践したと映っている。実践に当たっては、妻の協力・支援があったればこそ乍ら、殊のほか良く頑張ったと思っている。然し、まだやりおおせてはいないのだ。完遂してはいないのだ。結果如何に拘わらず、何としても最低一〇年は全うしなければならない。全うしてこそ、真に良くやったと言えようというものである。まさに〝幾たびか辛酸を歴て、志し始めて堅し〟（西郷南洲）である。私は本書を大げさな様だが、「遺書」の積りで出版しようとしている。私という人間の〈生きた証し〉として。

尚、本書は、実は私がものごころついた青少年期から、一貫して私の精神的特長をなすクリスチャニティを心底に抱いて大企業の一員として、日本のビジネス社会の第一線で三〇年余活動し、リタイア（定年退職）するまでを対象期間として、目下鋭意執筆中の「弦月が満ちる様に」～愛を育み、愛に生きて～（仮題）の続篇をなすものだが、取り纏めの進捗上、続篇の方が先に陽の目を見ることとなった。本書にご理解・ご共感を頂けたなら、（正篇刊行の曉には）併せご購読頂ければ、誠にもって恭悦至極に思う。（正・続の関係に立つとは言え、対象期間・内容的に見ての話しであって、ストーリー的には何の繋がりもないが…念の為。）

最後に、大阪弁で言う〝ぶっちゃけた話〟だが、一冊の本を出すのには相当の出費と労力を伴う。出そうか出すまいか決心の付かぬまま、大手・中小を含め10社内外の出版社と面談をして廻った。そうした中で〝出そう〟と決意するに至ったのには二つの出来事があったからである。一つが本文中で触れた或る大手出版社の反応（156頁参照）であり、もう一つが他ならぬ文芸社・編集部の中山泰時氏の評であった。本書・帯の表裏の評からも窺われるとおり、面談した会社の中では段突で、私の長所を評価して頂いたことである（尤も、短所の方もしっかり見抜かれていたが）。とまれ、これなかりせば、いかに某社に対する憤りから何としても出版してやろうと思ったにしろ、実際に出版し得たかどうか、大いに疑問である。それ程、同氏の評には感激したのである。よって、〝拙著の実際の編集も是非とも同氏に頼みたい〟と同社に頼み込んだ様な次第であった。後日、それを叶えて頂き、私の拙い原稿もこうして立派に陽の目を見た訳である。改めて同氏に心からなる謝意を表して筆を擱《お》きたい。〝謝々《シエシエ》！〟。

二〇〇一年　晩　秋

夜霧の湯布院にて　　莿田種一郎

資料

音楽教室も学習塾同様“ひと味”違います!!

バッハ

モーツァルト

ベートーベン

肖像画の三人は、言わずと知れたクラシック音楽界に於ける三聖人……バッハ・モーツアルト・ベートーベンです。その他の作曲家でも、シューベルト・ブラームス・ワーグナー・ブルックナー・マーラー等はいずれ劣らぬ素晴らしい作曲家達です。然し、絶対に欠くことのできない作曲家という条件で絞り込んだ場合、音楽を真に識る人なら、上記の三人になることに異を唱える人はいないでしょう。

小さい頃から楽器奏法を習うことの本当の目的は腕に見合った易しい曲を弾いて楽しむことではなくて、上記の三人に本当の意味で出会うことにあると言っても過言ではないでしょう。どんな楽器を選ばれるにせよ、又作曲家の好き嫌いはあるにせよ、上記の三人のうちの少なく共、誰か一人とは本当の意味で出会ってほしいものと思います。

ところで、そもそも「音楽」とはいかなる芸術でしょうか？そんなこと真剣に考えたことないよと一蹴されるかも知れませんが、ちょっと真剣に考えて見て下さい。

音楽とは、いろんな定義があるでしょうが、粗略《そりゃく》の誹《そし》りを覚悟で一言で言えば、他の芸術同様、人間の感情・思考の種々層の表現の筈です。音楽だけが他の芸術とは全く異なる特別な芸術ではない筈です。ならば、いかなる楽器を選んだにせよ、唯ひたすら腕を磨くだけでなく、優れた音楽作品を聴くと同時に、他のジャンルの芸術にも広く親しんでいかなければならないこと論を俟《ま》たないところでしょう。そういう観点から、当アカデミー音楽教室では、姉妹校：T塾の生徒さん同様、音楽鑑賞会・映画鑑賞会等を提供して参ります（月一回)。又、年に一・二度は九響等による青少年向けクラシック入門コンサート（生演奏）にもご一緒したいものと思っています。(但し、小５以上に限る)

教養倶楽部
「熟塾」オリエンテーション

〈はじめに〉

1．動機：過去30〜40年に亘る学生・会社員生活を通じて、多数の人生の先達から学び得た「知識」「教養」を自分だけが一人占めしているのは何とももったいない。広く community の皆さんと分かち合いたい。と同時に、community の埋もれた逸材の方々にも登壇の機会を提供したいというもの。

2．方針：動機が動機ゆえ、初心者も対象とするも、easy-going な大衆迎合型の教導は志向しません。(従い、レベルは問いませんが、情熱・熱意だけは、高く保持して頂きたく思います)。

〈本論〉

1．講座内容：

（1）本 例 会：文学・映画・音楽など精神文化全般を対象に相互研鑽（カルチャー・サロン）

（2）サブ例会：クラシック音楽、とりわけその中核をなす、ドイツ・クラシックを中心に初心者向に手ほどき。…（クラシック・セミナー）

2．日時：

（1）本 例 会：第1土曜　14：00〜

（2）サブ例会：第3土曜　14：00〜

“ハイレベル文化人の集い”

熟塾へのお誘い

〜土曜の午後を「レクチュア／ムービーシアター／コンサート」と「知的会話」で〜

月に一回、休日の午後に同好の士が相集いコーヒーでも飲み乍ら、各ジャンル最高の芸術作品に接する悦びをメンバー間で分かち合う…想像しただけでも、素晴らしい試みと思われませんか？

〈対象ジャンル〉は“物質文化”に対する“精神文化”全般としていますが、今のところ“文学・映画・音楽”（音楽はクラシック音楽に限定）の三つのジャンルに絞り込んで活動しています。

〈取り組みスタンス〉について、簡単にご紹介しますと、“文学”を例に取れば、実存主義作家と言っても、サルトルとカミユとではちょっと違います。又、“映画”を例に取れば、同じく心情派と言っても、チャップリンとデ・シーカとではちょっと違います。さらに“クラシック音楽”を例に取れば、同じく独墺系と言っても、バッハとモーツアルトとではちょっと違います。とりわけ、音楽の場合、作曲家に加えて演奏家の違いが大きく係わります。

そうした、小さいが、然し有意な「差異」を鑑識眼鋭く識別し乍らも、一方を是とし他方を非とするのではなく、それぞれの良さ・特長を愛で、己の血とし、肉として役立てようと言う趣向です。

知的好奇心旺盛な方々のご参集と情熱溢れる討論を期待しております。

〈例会概要〉

日　時：第１＆３土曜　14：00〜17：00

内　容：第１部…講演／映画・レコード鑑賞他…２時間

　　　　第２部…懇談（コーヒー／紅茶でも飲み乍ら）…１時間

資　料—4

人生80年時代に生きる現代人らしく

趣味を…それも教養的趣味を

早めに身につけようではありませんか！

日本男性は、仕事中心主義のワーカホリックが多いため、60歳まで文字どおり仕事一筋に生き、或る日突然「定年」を迎え、会社の仕事がなくなると、他にすることがなく、途方に暮れるというケースが未だに多い様です。

一方、日本女性も生真面目な人が多いため、50歳前後まで子育てに没頭し、子供が無事巣立っていくと、することがなくなり、急に老け込んでしまうというケースが多い様です。

人生80年代に突入してもう随分と時間が経ちました。もうそろそろ、男性なら会社在職中に、女性なら子育ての傍らに趣味の一つや二つは持つ様にしたいものです。

更に、日本人の場合（老若男女を問わず)、たまさか趣味はあっても、その趣味が盆栽やダンス等といった、いわゆる頭を使う趣味でないことが多い様です。

趣味がないよりは、この種の趣味でもあった方が良いでしょうが、知性の動物《ホモ・サピエンス》＝人間らしく、もっと頭を使う趣味…つまり、教養的な趣味の開拓にチャレンジすべきではないでしょうか？

熟塾はそういった点に、いわゆる“渇き”を感ずる人のための教養倶楽部です。ひとつ、意を決してチャレンジしてみて下さい。

資　料―5

いま、東京、大阪など大都市で、

静かに流行っている、都会型教養倶楽部

昨夏、福岡に誕生!!

いま、東京や大阪など大都市では、高名な先生方の講話を一方的に有り難く拝聴するスタイルはもう古くなって来ています。講話も聴くが、自分の意見も言いたい、またアマチュアならいっぱしの意見を持った人とのディベートも楽しみたい…そういった願望を持つハイ・レベル アマチュアが都会ほど増えて来ています。福岡も人口だけでなく、精神的にも大都市の仲間入りをしようではありませんか？

教養倶楽部・熟塾は東京、大阪他で約30年の同種倶楽部運営の実績を持つ主宰者の下に活動しています。論より証拠。是非一度例会に出席してご自分の目でお確かめ下さい。

《平成10年下半期 活動スケジュール》

〈本例会〉

（カルチャー サロン）

実施日	演　　題	区分
7・4	C・チャップリンの世界（Ⅰ）	映画
8・8	小塩節著「ブレンナー峠を越えて」を読んで	音楽
9・12	曽野綾子著「夫婦この不思議な関係」を読んで	評論
10・10	V．デ・シーカの世界	映画
11・14	天才バイオリニト 渡辺茂夫の悲劇は偶然か	音楽
12・5	中南米出張の日々	紀行

〈サブ例会〉

（クラシック セミナー）

実施日	演　　題	区分
7・18	クラシックばかりが良い音楽ではない。されど…（Ⅰ）	初級
8・22	バッハ・セミナー（Ⅰ） ～協奏曲特集～	中級
9・26	バッハ・演奏比較（Ⅰ） ～協奏曲特集～	上級
10・24	クラシックばかりが良い音楽ではない。されど…（Ⅱ）	初級
11・28	バッハ・セミナー（Ⅱ） ～器楽曲特集～	中級
12・19	バッハ・演奏比較（Ⅱ） ～器楽曲特集～	上級

教養倶楽部：熟塾 サブ例会

クラシック・セミナーへのお誘い

～土曜の午後、クラシックを愉しむ～

当サブ例会は、クラシック音楽中至高の地位を占める、いわゆるドイツ音楽（ドイツ音楽と一口に言っても、全体はとても手掛けられませんので、バッハ・モーツアルト・ベートーベンの３楽聖の作品に限り、然も曲も有名曲に限らせて頂きます）を、セミナー方式と演奏比較方式で、多角的・多面的に究めようとする試みです。もう少し具体的に説明しますと、①セミナー方式で、曲そのものについて、また曲の全き理解の為には欠かせない作曲家の生涯について、飽くまでオーソドックスに究めようとする、クラシック入門者向けの「ベイシック・セミナー」（３回／４ヶ月）と②演奏比較方式で多角的・多面的に曲の、延いては作曲家の本質を究めようとする「演奏比較試聴会」（１回／４ヶ月）の二つから構成されています。

こう紹介しますと、何か“おたく族”の集いの様な印象を与えるかも知れませんが、むしろ反対でれっきとしたビギナー向けとして、企画・運営されています。“おたく族”向けとしては、熟塾 本例会の中の〈音楽例会〉がそういう趣旨で企画・運営されていますので、そちらへどうぞ！

言い換えれば、当サブ例会は本例会の〈音楽例会〉を存分に愉しんでもらう為の予備講座として、企画・運営されているものです。

〈例会概要〉

日時：第３土曜日　14：00～17：00

内容：第一部…講演・演奏鑑賞（２～2.5時間）

第二部…懇談（１～1.5時間）…〈参加／不参加自由〉

～コーヒー／紅茶でも飲み乍ら～

アカデミーニュース '98・春号（ジュニア版）

〈進学教室〉

1月4～7日　冬期講習会（後半）
　中3生、小6生は受験に向けて各々毎日5～2.5時間みっちり特訓を受けました。

1月8日～2月28日
　’入試直前講座’（中3生のみ）
冬講に引続き1教科3時間の授業で特訓を受けました。

2月28日
　’私立高校合格者祝賀会’
　塾頭より“高校生になったら”（田代三良著岩波ジュニア新書）を一人一人に贈呈され高校生としての心構えを聴きました。

3月28日
　’公立高校合格者祝賀会’
　私立高校の時同様、
　塾頭初め担当教師も参加して高校生活としての心構えを聴きました。祝賀会後、合格者の一人一人に“高校生になったら”（田代三良著岩波ジュニア新書）を贈呈されました。

〈音楽教室〉

　音楽の本当の醍醐味は“合奏”にあるのではないかというコンセプトで運営されています。
1）バイオリン教室
　バイオリンは高価でお金持ちのする楽器と思われがちですが、大人用サイズ（フルサイズ）でも約5万円で弓からケースまで一式揃います。小さいので練習も何処ででもできるという軽便性が魅力です。2年位するとジュニア・オーケストラにも入れ、合奏の喜びを味わえると同時に協調性も養え、正に一石二鳥です。
　最初の生徒さんで始めたところですが、1回1回しっかりした音が出るようになっています。
2）フルート教室
　最近ブームに乗って人気上昇中の楽器です。バイオリン同様、軽便性、費用的にも手頃なのが魅力です。習い始めは仲々音が出ませんが、1ヶ月たち、日増しに美しい音が聞けるようになっています。又2年もすればバイオリン同様ジュニア・オーケストラへの道も開けます。
3）ピアノ教室
　当教室では大変珍しいピアノを使用しているのが特徴です。世界に冠たるピアノ・メーカーのスタンウェー社（自動車メーカーに例えればベンツ社）と河合楽器が共同製作した“ボストン”と言うブランドのピアノです。練習しながら明るく豊麗で芯のある音を楽しんでもらっています。12月7日に初めての発表会があり、一生懸命練習しました。本番ではとても緊張しながら頑張りました。

アカデミー ニュース '98春号（シニア版）

〈カルチャーサロン〉

1月10日
「今時、デジタルかアナログかと言ったら　笑われましょうか」
現在のＣＤの７倍の情報量を盛り込める夢のディバイス＝ＤＶＤのオーディオ規格最終案が年内には固まる由ですので、それについてお話を聞きました。と同時に簡便さとC/Pの優秀性のゆえに、あっと言う間にレコード（アナログ・メディア）を駆逐してしまった現時点の最新デジタル・メディア＝ＣＤとレコードを比較試聴しました。装置の関係もあり以外にも軍配はアナログに上がりました。日頃並の装置でＣＤばかり聞いておりますと結構満足しておりましたが、良い装置で比較して聴くと違いがはっきり解りました。今のＣＤはまだまだなんだなと感じました。デジタル派としてはＤＶＤに期待が掛かります。

２月７日
「カナダ出張の日々」
30年間の会社生活の中で殊の外思い出深い地…初めての海外出張の地、カナダを取り上げられました。都市としてはビクトリア・バンクーバー・ウイニペグ・トロント・ケベック等でしたが美しい街、美しい風景だけでなく、仕事を通じての外国人との感動のエピソードも語られました。

３月７日
「黄河の流れ･中国小史」
ＮＨＫビデオ漢詩紀行を混じえ中国4000年の歴史を俯瞰的に語られました。

〈クラシック・セミナー〉

１月は年の初めにつき、カルチャー・サロンと合同開催

２月21日
「シューベルト特集Ⅰ」
・ピアノ五重奏曲“ます”
ヤン・パネンカ＋
スメタナＳＱ
・弦楽四重奏曲“死と乙女”
スメタナＳＱ
それぞれ有名な曲目で、録音も多くの楽団により演奏されていますが、シューベルトに殊の外相性の良い、パネンカのピアノを得たスメタナＳＱによる“ます”と、この曲の哀調にコンチェルト・ハウス盤と甲乙付難い、同じくスメタナＳＱによる“死と乙女”（旧録）を堪能しました。

３月21日
「シューベルト特集Ⅱ」
１）歌曲　・鱒　Ｅ．アメリング
・春に　Ｅ．アメリング
２）器楽曲
・アルページオーネ・ソナタ
Ｐ．フルニエ
・楽興の時　Ｗ．ケンプ
３）交響曲第八番“未完成”
Ｋ．ベーム指揮
ウイーン・フィル
前回のピアノ五重奏曲“ます”の第四楽章のテーマとなった原曲、歌曲“ます”と季節感ぴったりの歌曲“春に”をしっとりとした味のある歌唱で定評のあるＥ.アメリングの歌で聴き、次いでいかにもシューベルトらしい器楽曲２曲をいかにもシューベルトにふさわしい奏者の演奏で楽しみました。最後にシューベルトの代表曲“未完成”をＫ．ベーム／ＶＰＯの黄金コンビ盤で堪能しました。

“T塾・映画会”のお知らせ

(無 料)

場所　当塾教室
対象　当塾・塾生(並びに塾生同伴の方)

監キャロル・リード
出マーク・レスター

記

第一部：映画鑑賞

Ｔ塾名物の一つ、名付けて青少年向け「教養教室」をお約束どおり、今月度からスタートさせます。
第１回目の今回は、映像つまり映画による全人教育として企画しました。映画の題名は「オリバー」。英国の文豪、チャールズ・ディッケンズの小説「オリバー・ツイスト」のミュージカル映画版です。
時代・場所は19世紀の英国の首都・ロンドン。救貧院で育つ主人公オリバー（写真）は、そこで食べ物をねだったために葬儀屋に売られる。虐待に耐えかねたオリバーはそこを抜け出し、スリの親方の一味に加わる。オリバーはそこでも仕事に失敗し、今度は紳士ブラウンロー氏に引き取られるが……
アカデミー作品賞、監督賞のほか、５つの賞を受賞した名作です。お楽しみに！

第二部：映画観賞後、ジュースでも飲み乍ら、楽しく意見交換をしましょう。

以上

前略ご免下さい
　さて、早速ながら、６月度Ｔ塾・教養講座ご案内と共に、過去の出席率一覧を同封します。

　御覧のとおりご子息の本講座への出席率は全塾生中ワーストワンです。それも極端に悪い結果となっております。私が当塾を開設しました第一の目的は、算・国・理・社４教科の様な実用教科を教えることではなく、教養講座の出し物のような巾広い教養を教えることにあります。

　私の場合、学校と塾とを問わず、実用教科に余りに偏しているのが現代日本の教育の最大欠陥であるという認識に立っております。従いまして、本音を申し上げれば、実用教科への出席率がいかに高くても、またそれらの成績がいかに良くても、教養講座への関心が薄く、出席率が悪い場合、私としてはちっとも嬉しくないのです。

　かてて加えて、すでにご指摘申し上げておりますとおり、ご子息の場合、音楽・映画等情操教育的なものが塾生のうちの誰よりも必要な生徒さんと私は見ています。それだけにこの結果は看過できかねます。それでなくても、当塾・規約（次頁参照）の中にありますとおり、実用４教科への出席率がいかに高くても、教養講座への出席率が極端に低い場合、お世話をお断りすることがありますよと謳《うた》っておりますとおり、そろそろ改善の兆しが出て参りませんと私としても強硬策を考えざるを得ません。ひょっとしたら、ご認識やお考えが違うのかも知れませんが、私共にお見えになる限り、私共の考えに合わせて頂かねばなりません。

　強硬策等考える必要のない様、速やかな善処方宜しくお願いします。……………………………………………………怱々

Ｔ　塾　規　約

1．**始業時間の厳守**　授業開始約５分前には教室に入室していること（要は、間違っても遅刻しない様にという趣旨）。事情あって遅刻する場合は、必ず事前連絡すること。

2．**高出席率の維持**　授業への出席は皆勤（100％）が望ましいが、少なくとも科目あたり月４回中３回（75％）は出席すること。欠席の場合は、必ずその旨事前連絡すること。

　欠席した場合、後日宿題連絡表を受け取ること。また、イベント（年２、３回）教養講座（月に１回）等も同様とする。

　万一、何れに於いてにしろ、出席率が50％に満たなかった場合は、いくら学業成績が良くても、当塾教育方針に則り、お世話をお断りする場合がある。

3．**風紀**　服装は制服と私服とを問わないが、少なくとも勉学にふさわしくないものは着用しないこと。また、髪は極端な染髪、長髪にしないこと。

4．**挨拶の励行**　入・退室時には必ず挨拶をすること（⇨オアシス運動）。

5．**予習、復習、宿題の徹底**　望むらくば、予習の励行も要求したいところ乍ら、当面、復習、宿題は必ず実行されたい。とりわけ、復習は成績向上には必須ゆえ、必ず実行すること。

6．**テスト受験**　習熟度確認の為、２ヶ月に１回はテストを行う。中学生の場合、テストは偏差値確認も兼ね、業者テスト（有料）を原則とするも、偶には当塾テスト（無料）を以て替えることも可（但し、いずれかは必ず受験すること）。また、業者テストは最低学期ごとに１回、年間合計３回は受験要。

　小学生の場合、私立中学受験目的の生徒さんは中学生と同様とする。同受験目的のない生徒さんは全回当塾テストで可。

　学校の中間・期末テスト結果も、毎学期わかり次第連絡されたい。（進路指導参考資料として使用）

7．**短期集中講座の受講**　春講、夏講等短期集中講座への参加・不参加については、真の実力アップの為の必須条件ゆえ在塾生の場合、中学・高校受験生は必ず参加するものとする。

尚、科目の選択については英・数2科目は必修なるも、それ以外の科目は塾生オプションとする（最低、通常授業通り）。

8．**塾内コミュニケーションの促進**　当塾教育理念に則り、クラス内は言うに及ばず、イベント・教養講座等を通じて、塾内全体でのコミュニケーションを積極的且つ意欲的に図ること。

9．**読後感想文の提出**　読書習慣をつけることと思考力並びに表現力錬磨を目的として、当面、年1回（夏期休暇時）、読後感想文（400字詰原稿用紙　2～3枚程度）を提出すること。

10. **休み**　日曜、祝日は塾授業は休みとする。また、夏休みはお盆を挟み約2週間、冬休みは年末・年始約1週間とする。尚、春休みはないものとする。

11. **個別対応に於ける予定変更**　人数が複数になれば、変更は原則不可なるも、1人の場合は週1回授業につき、月1回の変更は認めるものとする。

12. **父母会の開催**　当塾方針として三位一体となった教育を志向する為、父母会（合同 and/or 個別）は各年度共4～5月に1回、7～8月に1回（個別は年に一度の三者面談とする）、1月に1回の合計3回／年開催する。

各合同父母会に先立ち、遅くも2週間前までには具体的日程をご連絡しますので、遅くも1週間前までには出欠のご連絡をお願いします。

尚、趣旨に則り、合同父母会への出席率は年3回中2回はご出席頂きたく思います。万一、年間を通じ特別な理由なく、1回もご出席頂けなかった場合、お世話をお断りする場合がありますので、ご留意下さい。

‘99年度教育方針内容説明会資料(‘99· 3 ·14)—T　塾—

1．はじめに

彼岸が近いとは言え、猶お寒い中、又お忙しい中、本日皆さんがわざわざ当塾の説明会にお越し頂いた第一の目的は何でしょうか？

恐らく、まずは学校の成績を上げて欲しい、ついでは志望校に合格させて欲しいと言うことではないでしょうか？

ご尤もです。然し、それだけ叶えたら良いのでしょうか？

2．教育界の現状と当塾の特徴（存在理由）

1）公教育の大勢の現状

教育には、つぎの二面必須。「実用学科教育」「人間（教養）教育」。然るに、小・中学校に於ける公教育では、この２面いずれでも、just fit できていない。

2）私塾の大勢の現状

「実用学科教育」に於いてのみ、それも受験対策という一点においてのみ just fit。「人間（教養）教育」は放置。

3）当塾の特徴（存在理由《レゾンデートル》）＝差異化項目

両面に於ける「just fit」を目指す。

前者では「ハイレベル実用学科教育」を、後者では「人間（教養）教育」を付加。

3．当塾独自システム

1）個別または少人数制

2）施育内容は「実用学科教育」＋「人間（教養）教育」

3）個性派塾頭が率先垂範

4）講師陣も同一精神で統一

5）塾らしからぬ「設備」、「備品」、「雰囲気」

資　料—13

“T塾・音楽会”のお知らせ

無　料

場所：当塾　教室－1
対象：当塾　塾生
（塾外生でも塾生同伴の場合、可）

記

第一部：音楽ビデオ鑑賞

“ペール・ギュント組曲”

広くは教養教育の一環として、狭くは情操教育の一つとして、アクロス福岡にてここ数年毎年行われており、今夏は8／28（土）に開催される、“夏休みファミリー・コンサート”に共同参加する計画でおりますが、今月度例会では昨年度当コンサートで取り上げられました、北欧の代表的作曲家・グリーグの“ペール・ギュント組曲”を鑑賞します。
本録画はアクロスでの録画でも、同一コンサートの他所録画でもなく、同じ様な企画の関東地方での録画ですが、本番前の耳慣らしに適当と考え、皆で鑑賞することとしました。お楽しみに！

指揮・演奏：C．デュトワ／NHK交響楽団
ナレーター：林　隆三
解　　　説：池辺晋一郎

第二部：意見交換

以上

資　料—14

SUMMER TOUR

グリーンピア那珂川

Ｔ塾のサマーキャンプ
ひと夏の思い出を作ろう。

毎日の決まりきった生活から離れ、美しい自然にとけこんだ生活体験をしよう！

時には親しい友達と一つの飯ごうで作った食事をし、普段の生活では得られない友情の輪を拡げよう！

〈期　間〉　平成11年8月　4日（水），　5日（木）

〈定　員〉　１２名

〈参加費〉　塾　生　５，０００円
　　　　　　塾外生　６，０００円

〈行き先〉グリーンピア那珂川

〈宿泊先〉キャンプ村・バンガロー（1泊）
（グリーンピア那珂川内）

※4日の夜、花火大会を催しますので、
各自花火を用意して来て下さい。

〈日　程〉

8月　4日（水）

13:00 当塾　集合・出発
14:00 グリーンピア那珂川着
（キャンプ村入村）
↓
（自由時間・費用含まず）
18:00
↓
夕　食
19:00 数　養　教　室
↓
キャンプ・ファイヤー
22:00 就　寝

8月　5日（木）

7:00 起　床
8:00 朝　食
9:00 キャンプ村・離村
↓
（自由時間・費用含まず）
13:00 グリーンピア那珂川 出発
14:00 当塾　到着・解散

〈集合場所〉　当塾

（注）最低催行人数：６人

SUMMER HOLIDAYS

L I V E　C O N C E R T

お子さん達が終生の友となる”本当の音楽”に出合うためには　親御さん達のちょっとした決断と後押しが必要です。

アクロス福岡で毎夏行われている（今年で５年目）

”夏休み　ファミリー・コンサート”に

今夏から参加することにされては如何ですか？　当塾が総てお世話します。

【指揮・ピアノ】服部克久
【演　　奏】九州交響楽団
【ゲスト】ソプラノ：島田祐子
二　胡：ジャー・パンファン
【料　　金】S:5,500円(Sペア券10,000円)
A:4,500円　B:3,500円　C:2,500円
(学生券1,500円)

8月28日(土)
PM3:00開演
アクロス・夏休みファミリーコンサートVol.5
時を越えた音楽
なるほどコンサート
あなたの一番大切な歌は何でしょう？素晴らしい音楽は、時空を越えて、
私たちに生きる勇気や歓び、そして夢と感動を与えてくれます。

日　　時：８／２８（土）
14:00 ～18:00
定　　員：８名
参加費　：１５００円／人
集合時間：１４：００
集合場所：当塾集合
交通手段：乗用車利用
解散時間：１８：００
解散場所：当塾前解散

（注）①定員に達し次第、締切
②最低催行人員：１名

無　料

“T塾・映画会”のお知らせ

場所：当塾　教室－1
対象：当塾　塾生
（塾外生でも塾生同伴の場合、可）

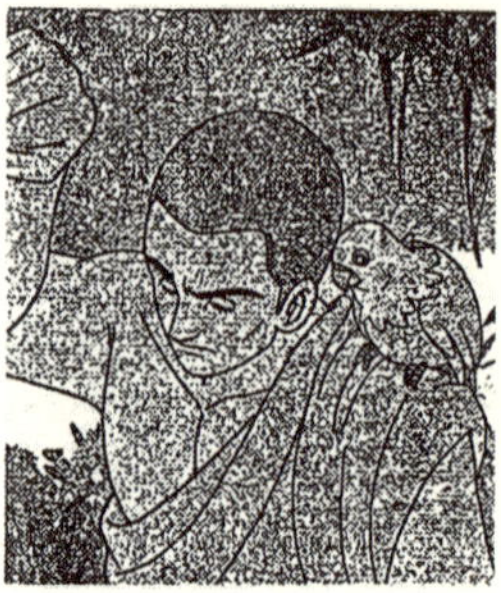

記

第一部：映画（ビデオ）鑑賞

アニメ映画・“ビルマの竪琴”

4月に入って一斉に咲き誇った桜の花も散り、すっかり葉桜になってしまいました。これからは新緑が目に染みる季節となります。勉強に、スポーツに、芸術にいそしんでいきましょう。

さて、当塾・塾生の皆さんには、揃って一学年進級し、新しい分野に目を輝かせていることと思います。当塾も4／8に新学期の通常授業をスタートさせました。これから夏休みまで、ひとまずしっかり頑張りましょう。

また、通常授業と共に、当塾名物「教養教室」も今月よりスタートさせます。出し物は上記のとおりです。

昨年度も映画でスタートしましたが、今年度も映画でスタートです。ただ、昨年度が産業革命の落とし子のような洋画“オリバー”だったのに対し、今年度は太平洋戦争の落とし子のような日本映画です。日本映画界の名匠・市川　昆監督がこだわって二回も映画化した原作（作者はドイツ文学者：竹山道雄氏）のアニメ版です。アニメ版とは言え、原作のテーマはきっちり押さえられていますので、しっかり鑑賞しましょう。

〈註〉興味を持った人は、物語本もありますので、後で読んで見ましょう。

第二部：意見交換

以上

著者略歴

苅田 種一郎（かりた しゅいちろう）

1939年　兵庫県芦屋市生まれ

現在は、春から秋にかけては大分県湯布院町在住、冬季は避寒のため兵庫県西宮市在住。尤も、本音は本文（P21）にあるとおり、country-life と city-life の双方を愉しむ為だが…。

尚、学歴・職歴は本文中に示唆されている為、省略。

E-mail：caritas@circus.ocn.ne.jp

余生は湯布の山懐で

2002年３月15日　初版第１刷発行

2002年８月15日　　　第２刷発行

2003年７月15日　　　第３刷発行

著　者　苅田《かりた》 種一郎《しゅいちろう》

発行者　瓜谷 綱延

発行所　株式会社 文芸社

〒160-0022　東京都新宿区新宿1-10-1

電話　03-5369-3060（編集）

03-5369-2299（販売）

印刷所　株式会社 平河工業社

ISBN4-8355-2674-0 C0095